GOBOOKS
& SITAK
GROUP©

GOBOOKS & SITAK GROUP©

三日月書版

三日月書版

小丑魚 著
炬太郎 繪
Special
番外
怪談病院
PANIC!
輕世代
FW320
三日月書版

怪談病院 PANIC!

第一章　農藥事件（一）……………………013

第二章　農藥事件（二）……………………033

第三章　農藥事件（三）……………………055

第四章　農藥事件（四）……………………079

第五章　農藥事件（五）……………………101

第六章　農藥事件（六）……………………119

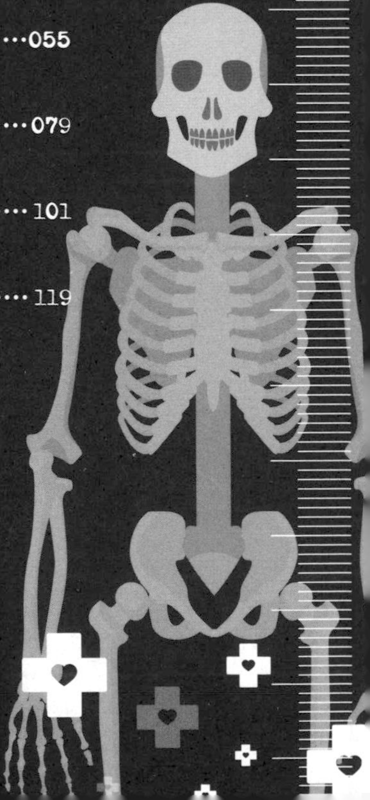

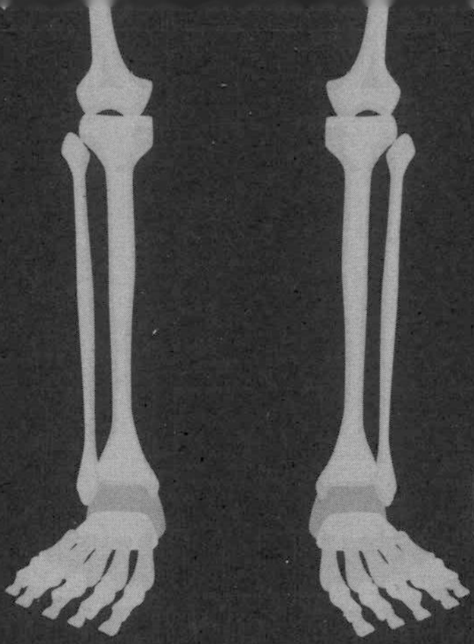

目錄
CONTENTS

第七章　農藥事件（七）……………………133

第八章　農藥事件（八）……………………143

第九章　農藥事件（九）……………………167

第十章　農藥事件（十）……………………193

第十一章　農藥事件（十一）………………235

第十二章　農藥事件（十二）………………243

CHARACTER FILE

玄罡

身分：地府的鬼差組長
性格：死要錢
愛好：錢

Profile

全身上下華麗閃亮，具備天怒人怨的帥氣度、渾身上下散發著尊爵蓋世的貴族氣質，完全不輸當紅偶像明星，擁有深不可測的能力，特徵則是，舉手投足都要錢，與依芳有著不尋常的關係。

CHARACTER FILE

依芳

身分：新進護士
性格：安靜內斂
愛好：睡覺、偶像劇

Profile

綠豆的學妹，家有天師阿公卻對玄學相當兩光，雖然具備某些天師特質，但是對於靈異事件相當冷漠，沒有耐性又不可靠，不得已靠著零零落落的玄學知識闖天下。

CHARACTER FILE

孟子軍

身分：刑事組組長
性格：有正義感、善良
愛好：公仔、狗狗

Profile

人高馬大卻是動漫迷，且是愛狗人士，非常寵家中的黃金獵犬。對於不可思議事件有著強烈好奇心。在一次詭異案件中認識綠豆和依芳，進而見識到兩人異於常人的能力。

Profile

醫院的老鳥，依芳的學姐，常常熱心過了頭，總是拖著依芳下水，卻也因為一連串的事件激發了自己的潛能，不但具有陰陽眼，並且磁場與陰間的朋友相近，具備和鬼魂溝通的能力。

怪談病院
第一章　農藥事件（一）

「學姐，準備接新病人！」位居三樓的密閉式空間內，忽然傳出催命般的緊急叫聲，只見站在護理站的白衣女子慌張地準備著空白病歷。

「不會吧！」從加護病房另一端傳來的哀號聲更為慘烈。

只見發出聲音的主人正在為病患翻身，卻以相當哀怨的眼神投向站在自己對面的搭檔，沒好氣地道：「阿帕，我們的常規治療都還沒做完就又要接病人了，怎麼人家的風水可以輪流轉，妳一直都停留在整天旺到抓不住的境界？妳的風水羅盤是指針故障了，還是沒加潤滑油？再這樣下去，我和依芳遲早會過勞死！」

當事人阿帕冷哼一聲，一臉悠哉道：「臭綠豆，搞不好是妳帶衰我，也不想想妳的運氣也不怎麼好，牽拖到我身上來幹嘛！」

忙著整理和列印病患資料的依芳抬頭看了兩人一眼，冷不防道：「妳們一個是專引孤魂野鬼的燈籠，一個老是吸引重症病患的磁鐵，兩個人半斤八兩啦，倒楣的人永遠是我……」

依芳忍不住搖著頭，心想她們還有什麼好抱怨？真正掃到颱風尾的人是自己，而且被掃到的範圍還橫跨陰陽兩界，天底下誰比她還有資格哀哀叫？

綠豆和阿啪一聽到自己是燈篙和磁鐵，臉上瞬間多出三條線，雖然她們的特質是全天下皆知的事實，不過由依芳的口中說出，就是有種說不出的刺耳，無奈她們也無力反駁。

「算了算了！反正之前也都是在猴子啪的凌虐之下求生存，也不差今天這一次啦！等一會兒要上來的是什麼病人？」綠豆採取自暴自棄的態度，既然改變不了事實，不如認命一點。

「喝農藥自殺的病患，正準備從急診上來。」依芳頭也不抬地回應，似乎沒發現有什麼不對勁。

「喝什麼農藥？」阿啪的聲音顯得緊繃不自然，「拜託！千萬不要告訴我是巴拉刈。」

阿帕一向身經百戰，面對很多重症患者也是面不改色，唯獨碰上相當棘手的患者才會神色大變。

「的確是喝巴拉刈的患者，急診的學姐說喝了三分之一罐。」

依芳之前接過一、兩個喝農藥自殺的患者，但是還不曾接觸過喝巴拉刈的患者，沒經驗的她完全不明白為什麼兩位學姐兩眼發直。

阿帕收斂起悠哉的表情，手腳靈活地準備起配備。綠豆也趕緊打電話請值班醫師立刻趕至單位，整理床鋪的同時緊急交代依芳。

「快點先準備好灌腸和洗胃的器具，找出今晚的洗腎室值班學姐的電話，以防病患需要緊急血液灌注。等一下口罩和手套都別拿下，巴拉刈是由皮膚吸收，光是接觸病患也有可能受到影響，靠近病患時，口鼻一定要確實罩住。」

依芳沒想到這回的準備這麼繁瑣，一見兩位學姐的大動作，自己也絲毫

不敢輕忽，立即依照指示動作起來

正當三人忙著準備工作時，值班醫師趙得住匆忙地跑進單位，頂著雜亂的雞窩頭，看起來像是正在做惡夢的驚恐表情。

「病人呢？病人來了嗎？」他氣喘吁吁地四處張望著。

阿啪細心地遞上隔離衣，嘴巴卻劈里啪啦地叮嚀著：「這次是喝下大量巴拉刈的患者，隨時都可能需要急救，你最好先做好心理準備。」

趙得住是單位裡面最資淺的菜鳥醫師，也是出了名的緊張大王，明明在醫學院的成績總是名列前茅，偏偏一到臨床就束手無策。

身為護理人員，為了顧及他的面子，事先提醒他最好趕緊回想農藥中毒的急救流程，以免到時腦中一片空白。

綠豆根本沒時間顧慮趙得住的心情，她光是忙著準備急救器材就沒時間喘氣了，根據臨床上的經驗，除了憂鬱症的患者外，百分之八十的自殺患者一躺在病床上接受治療後，就開始後悔自己的愚蠢行為，所以家屬大多不可能放棄急救。

而且喝下這種農藥的患者絕對需要急救，患者還喝了將近半瓶，到時人仰馬翻絕對免不了，還是先將所有器材準備好，免得手忙腳亂。

「病人進來了！」

時間果然非常倉促，還交代不到幾句，病人已經被推上來了。

依芳打開單位大門，只見兩名急診的醫護人員推著一名插管的男性病患，渾身發綠，身上還散發著相當刺鼻難聞的氣味，看他的模樣，意識狀態似乎不大樂觀。

綠豆趕緊上前交班，阿啪則火速幫患者接上心電圖和監測生命徵象，一邊交代依芳：「趕快打電話到藥局，請阿姨拿幾罐活性碳上來！」

「我還沒看病人……」趙得住的聲音帶著委屈，他也只不過看了病人一眼，怎麼學姐們已經開始動作了？

「活性碳是必備的處方，先拿上來爭取時間。你趕快下口頭醫囑，等等再補藥單給藥局。」一旦面臨隨時急救的場面，阿啪不但動作快，連說話的速度都像機關槍掃射。

重症單位和一般單位的不同在於分秒必爭，若是必須經過一連串的開單流程，會錯失急救的黃金時機，所以臨床上發生狀況，醫師必須口頭下達醫囑，立即執行治療動作，等事後再開書面醫囑。

這個趙得住，雖然還是菜鳥，但是這種基本常識不需要特別提醒吧？阿啪在心底無聲地抱怨。

「他的心跳每分鐘 127 下，血壓只剩下 76/48mmHg，血氧低於 80，每分鐘的呼吸次數高於 30 次，開始解血便了！」阿啪不愧是急救高手，面對混亂的場面，仍然冷靜而快速地報出數據，若不仔細注意，還以為她根本沒換氣。

當患者開始解血便，以現在的情勢，誰都不會天真地認為是痔瘡破了……

「恐怕是腸胃開始出血了，快點先幫他抽血檢驗血紅素和核對血型，請血庫立即備血！」

趙得住果決地發號施令，隨後爆出一長串的藥劑名稱和使用方式，長期處在阿啪的威力之下，果然有所成長。此時他不再茫然被動，而是衝到呼吸器前面調整氧氣濃度。

一旁的阿啪想也不想便立刻動手泡點滴，剛掛下電話的依芳趕緊上前抽血，只是才一靠近患者，便察覺對方四肢冰冷地不像正常人，加上膚色呈現一片慘綠，能找到血管就真的有鬼了！

「沒時間找血管了，直接抽動脈血！」阿啪一反平時嘻嘻哈哈的模樣，嚴肅而沒有遲疑的命令讓依芳愣了一下。

動脈是人體內的大血管，若是緊急時刻找不到周邊血管，動脈是最佳選擇。

依芳正顫抖著準備下手，卻發現……病患的身體冒出半透明的靈體，下半身和患者的肉體交疊，上半身卻呈現坐立的姿勢，臉上帶著茫然的表情……

「Asystole（心搏停止）！」依芳大叫一聲，立刻著手心臟按摩。

所有人包含正在交班的綠豆趕緊衝上前，開始一連串的急救。只是隨著時間一分一秒過去，依芳和綠豆都看見患者的靈體和身體越分越開，眼看就要徹底分離……

兩人彼此心照不宣，明白這病患是救不回來了，除非奇蹟出現。在綠豆的臨床生涯中，幾乎沒有喝下巴拉刈後還能活著離開的病患。

「我必須和家屬解釋病情！」已經滿頭大汗的趙得住停下心臟按摩，一臉無奈地搖著頭。

阿啪則是跟上前，準備告知開立死亡證明的手續流程。

通常急救三十分鐘後就會宣告不治，是時候告知家屬這壞消息了，趙得住最討厭這種時刻了，但是身為醫師，又不得不執行。

如同大家所預期的，當趙得住跟家屬解釋情況後，門外傳來驚動天地的哭泣聲，顯然一向好心又心腸軟的趙得住和阿啪又在門外扮演安慰者的角色。

門外家屬哭得一踏糊塗，門內的新魂也哭得快斷氣，只可惜在這一刻，它早就沒氣了。

新生魂魄一臉茫然，好像處在狀況外，為了想試試看自己是不是已經死了，竟然轉身朝著牆壁狠狠一撞，沒想到不但撞不到，還像空中飛人表演特技一樣滾了兩圈，只是表情看起來不怎麼開心就是了……

看到對方撲空的模樣，綠豆差點笑出聲，不過現在是死者為大的嚴肅時刻，萬一她笑出來，不只是對死者不敬，萬一被家屬看見，搞不好會慘遭毒打。

反觀依芳，一臉莊重而沉默地執行著屍體護理，好似完全不受干擾。

綠豆不禁欽佩起自家學妹的定力，竟然可以裝聾作啞到這種程度，害得她趕緊重整神色，急忙加入屍體護理的行列。

只是綠豆很想嚴肅也很困難，因為滾了兩圈回來的新魂又莽撞地想躺回身體裡，可惜魂魄和身體像是互斥的磁鐵，一躺平，轉眼間又被彈了出來。只見他不斷重複同樣的動作，怎樣就是不肯死心，綠豆的心臟跟著不受控制，隨著他的動作起伏不定。

「那個……先生，我很同情你的遭遇，不過建議你不用多此一舉，因為……你真的已經死了。你就看開一點，節哀吧！」

綠豆的嘴角揚起一個難看的弧度，頭一遭跟亡者本人報告死訊，並且還請人家為自己節哀的感覺超奇怪的。當下心情真的很複雜，不過她實在不忍心見他憑著一股傻勁做著於事無補的事。

依芳手上的工作不曾停歇，卻沒好氣地睨了綠豆一眼，她就不能安分一點，假裝什麼都沒看到嗎？就算擁有陰陽眼的能力，也犯不著急著表現吧？

「妳看得見我？」新魂看見綠豆，表情比中樂透還開心，但下一秒鐘，就急著放聲大哭，「我不要死！拜託妳幫幫我，我還沒聽過我的小兒子喊我一聲爸爸，我……只是一時賭氣，以為喝農藥只要洗胃就沒事了……求求妳，我還這麼年輕，不能這樣就死了……」

新魂一把鼻涕一把眼淚，看上去悽慘落魄，只能用慘不忍睹來形容。

綠豆這人除了臨床上專業沒話說外，最拿手的強項就是多管閒事，尤其禁不起眼淚攻勢，看他哭得悲切，再加上陣陣傳來的門外哭聲，難免於心不忍。

「依芳……」

「妳通常這種時候出聲都不會有好事，我覺得妳還是不要說話比較好。」

哇靠！依芳真敏銳！連她要說什麼都能猜得到，這傢伙是不是除了陰陽眼的能力之外，還會讀心術啊？綠豆納悶地想。

綠豆不知道，真正的原因是因為她大概是全世界最好懂的人，只差她的臉上不會自動浮出文字而已。

「妳聽不見他的聲音，也看得出他真的急著想回來吧？他說當初只是控制不住情緒和老婆賭氣，趁他現在還沒有死多久，搞不好還有機會。妳就想辦法幫幫他，挽救一個破碎的家庭，可說是功德無量呢！」

依芳停下手上的動作，渾身散發一股令人難以順暢呼吸的氣焰，只見她不著痕跡地嘆了口氣，猛然抬頭定定看著綠豆，一字一句清楚道：「第一，我是護理人員，不是神，我沒有起死回生的能力，這種要求根本是天方夜譚；第二，麻煩妳幫我轉告他……」依芳那清亮的瞳眸閃爍著凝重而不容質疑的威嚴，「生命禁不起開玩笑！」

「啊——終於快下班了。」忙了一整晚，總算送走了自殺的新魂和悲痛的家屬，綠豆兩手高舉伸懶腰，看著牆上時鐘，全身上下的細胞也跟著跳躍，總算讓她等到可以放鬆的時刻了！

正窩在護理站看預約本的阿啪卻顯得專心認真，難得見她這麼安靜，不過這也難怪，預約本顧名思義就是預約假期的紀錄，這對非固定時間上班的護理人員而言，視為相當神聖的而寶貴的本子，甚至有人固定每個月都要朝聖幾次，簡直把預約本當成聖經一樣虔誠的膜拜了。

「妳們想不想去南部玩幾天啊？」原本盯著班表不放的阿啪忽然轉頭看著依芳和綠豆，臉上浮現期待的表情。

一提到出去玩，綠豆的兩眼放出繽紛的光芒，長時間被阿啪操成人不像人、鬼不像鬼，不知道有多久沒有好好放鬆自己了，的確應該找時間出去旅行，補充一下漸漸流失的電力。

「我幫妳們計畫好了，預約我們一起多請幾天年假，就可以一起到南部玩十天。」

難得看到阿啪這麼認真，綠豆難免心動起來。

「妳有計畫去哪裡玩嗎？如果真的可以出去，我想要走悠哉一點的行程。」綠豆很快就加入討論的行列，顯然她對這次的活動很感興趣，只要阿啪的提議不要太爛，以她隨和的個性，絕對雙手贊成。

阿啪見到綠豆沒有反對的聲浪，嘴角揚起欣喜的弧度。

「我有一個親戚關係遠到不知該怎麼稱呼的哥哥，最近在南部經營一間特色度假民宿，背後環山，前方面海，不論想要爬山看猴子或是去海灘玩香蕉船都沒問題。

「民宿也常常主辦一些體驗自然生活的活動，而且還提供SPA服務，不然民宿的附近有遊樂園，大約十分鐘路程也可以到市區逛街，週遭景點多，好玩的地方也很多，不用擔心沒地方去。重點是，我哥可是個猛男，也很缺女朋友，這次剛好介紹給妳們認識！」

阿啪的嘴邊掛上賊兮兮的微笑，特別是針對綠豆。

綠豆一聽到「猛男」二字，倒是沒多大的反應，因為她比較喜歡斯文男……不過她天性就喜歡交朋友，多認識一個朋友也不錯，而她最在意的還是阿啪所描述的民宿特點，聽起來滿誘人，不論是動態或是靜態活動都可以兼顧。

一聽到這麼棒的地點，她當然忍不住興奮地猛點頭，反正只要確定能吃又有得住，到哪裡都可以。

只是旁邊的依芳卻皺起了眉頭……

「依芳，該不會妳不能去吧？我把妳也算進去了耶，別想落跑。」阿啪的語氣中有著難以掩飾的焦慮。

「民宿通常不便宜，何況出去玩十天？我哪來這麼多閒錢？」只要一提到錢，依芳的腦袋裡就浮現一連串的數字和敲算盤的聲音。

「錢……絕對不是問題啦！」阿啪乾笑兩聲，「那是我堂哥的民宿，我只要跟他說一聲，打八折絕對沒問題啦！」

依芳盯著阿啪的動作，總覺得她看起來有點心虛。

「八折？」依芳想了想，仍然搖搖頭，「就算給我五折，我也不見得拿得出來。學姐，我的資歷還沒滿一年，根本就沒有年資可以加薪，加上之前的助學貸款都還沒繳清，我真的沒錢啦！不是我故意想掃興，我看還是妳們自己去就好了。」

「不行！」阿啪反射性地用丹田的力量吼出，音量之大，連她自己也嚇了一大跳。

綠豆和依芳錯愕地盯著阿啪，不明白她怎麼會反應這麼大，雖然她平時看起來也沒多正常，不過這種反應真的很怪。

「那個……我的意思是說，何必為了一點小事而破壞我們的度假計畫？看在大家同事一場分上，這次的住宿費以流血價一折給妳，三餐由民宿提供……」阿啪的聲音越來越無力，音量也越來越弱。

依芳甚至看見阿啪的眼中泛著淚……

「依芳，這樣的好康誰都搶著要，要不是嚕嚕米必須參加為期一個月的在職訓練課程，不然她也會搶著報名。」綠豆也加入說服的行列。

「學姐！」依芳的雙眼中迸出閃閃發亮的光芒，毫不遲疑而敏捷地握緊阿啪的手，語帶誠懇道，「有妳這句話，就算妳帶我去觀落陰，我也絕對沒有第二句話！」

依芳聽到一折這樣的好康，就算她再小氣，也絕不能放過這樣的好機會！

雖然阿啪的態度真的有點怪，不過既然有得吃又有得玩，她一點也不在意這種小細節。

「真的吼？妳要記得自己說過的話喔！」

阿帕的乾笑聲再度迴盪在依芳和綠豆的耳邊，只是被遊興衝昏頭的兩人完全沒注意到笑聲背後的刺耳……

怪談病院
第二章　農藥事件（二）

「阿帕，到底到了沒？還是妳根本迷路了啊？」手握方向盤的綠豆開始焦躁起來，不知道這句話在這趟車程中反覆幾次了。

眼看天色越來越暗，開車中的綠豆忍不住開始碎碎念，看著道路越來越狹窄，兩旁雜草已經長得比人還高，不論是前方或是後方，不但沒有來車或人影，就連天上都沒有鳥類飛過的蹤跡，這裡真的是度假民宿的必經之路？看起來比荒山野領還要偏僻，比墳場還要荒涼耶。

阿帕整個身體坐得筆直，額際上冒出點點汗珠，僵硬地轉頭，以完全聽不出起伏的平聲道：「這是上山唯一的路，不可能走錯……」

遲鈍的綠豆完全沒察覺阿帕的語氣裡包含著深不見底的心虛。

「不會吧？如果沒走錯，怎麼這麼久還沒到？又不是遇到鬼打牆……」綠豆打趣似地笑了兩聲。

只見阿帕一聽到這句玩笑，臉色一變，火速拿出手機，正要撥打時，卻發現……

「山上沒訊號，手機打不出去。」阿帕尖銳的聲音簡直快要貫穿綠豆的耳膜，綠豆完全沒料到自己無心的一句話，竟會引起如起劇烈的迴響。

「阿帕，妳想打給誰啊？這麼緊張幹嘛，我只是開玩笑的啦！妳真的很沒幽默細胞耶。」

「誰會在荒山野嶺開這種玩笑？依芳現在沒在車上，我當然會緊張啊，萬一真的遇到什麼怎麼辦？」阿帕的表情一點都不像開玩笑，看樣子今天無法與依芳同行，讓她感到莫名的焦慮。

依芳的年資淺，年假算算也沒幾天，一口氣要休十天長假，簡直是痴人說夢，阿長還是看在綠豆和阿帕苦苦哀求的分上，勉強答應給依芳七天假，預計三天後再與兩人會合。

「我倒是不介意妳跳車，如果妳可以走到民宿，我非常樂意助妳一『腳』

之力，這樣我的耳根子起碼可以安靜許多。」綠豆裝腔作勢地伸出小指挖著耳朵，正想繼續調侃時，發現斗大的雨滴紛紛落下，天際瞬間變得更加昏暗，這下子阿啪想跳車的欲望應該降低了不少。

阿啪很想找機會回嘴，只是在她張開嘴巴前，透過濺起水花的擋風玻璃出現了一個模糊的人影……正在招手……

「有人在招手耶，應該是想搭順風車，我們停車問一下好了。」不難聽出綠豆的嗓音包含著隱約的亢奮，從來只在電影裡看過，沒想到竟然可以親身遇到搭順風車的人！

「不、不要停車！」阿啪急忙出聲制止，她的臉上露出陰森的表情，「難道妳都沒聽過鄉野傳奇嗎？怎麼可能會有正常人出現在這麼偏僻的地方？故事中有提過在深山中招手的是女鬼，而且還是無臉女鬼……」

阿啪煞有其事的表情確實滿嚇人的，偏偏綠豆的思考邏輯和別人不大一樣，她反而比較擔心對方是詐騙集團。

她刻意放慢車速，甚至拉下車窗，伸頭往前方招手的人看了一眼，只見招手的人穿著一件白色帽T，因為下雨的關係而戴起帽子，導致看不清對方的五官，不過因為淋濕的關係，所以身上的曲線特別明顯，應該能判斷是個女性。

雖然看不清楚臉，不過能看見對方的腳上穿著球鞋，也就是說，眼前的是人，不是鬼。

「她有腳啦！嗚嗚，都是我和依芳害妳變得整天疑神疑鬼的。世間的鬼很多，總不會每次都這麼衰被我們碰到吧？何況我們已經脫離醫院好長一段距離了，妳可以放輕鬆一點，不用這麼緊張！」

綠豆的長篇大論讓阿啪不知道怎麼答腔，難道綠豆真的以為，全天下的鬼只會聚集在醫院嗎？而且她怎麼不想想自己是吸引好兄弟的磁鐵？

綠豆把車子停在招手女子的面前，飛快地搖下車窗，完全不讓阿啪有反駁的機會。

「請問……可以……可以載我一程嗎？」女孩抓著帽沿的雙手正微微顫抖著，不知道她是因為寒冷，還是因為害怕，「我跟我哥……和其他人本來在這邊看風景照相，但是……不知道為什麼……他們自己開車走了，丟我一個人在這…裡……」

女孩的聲音聽起來很年輕，不過卻要命得恐怖，因為她的語調沒有絲毫起伏，每一個字就像完全沒有音階可言的單音，不像是一般人說話的感覺。

光是聽女孩子的聲音，就把阿啪嚇得毛骨悚然，難道綠豆聽不出這種聲音就是鬼片裡面最經典的招牌？阿啪恨不得一腳踹向綠豆，然後趕緊猛催油門後逃逸。

只可惜她現在什麼事情都做不了，只能僵在副駕駛座上，在心中怒罵綠豆怎麼不快點清醒，只要她一停下車，再也沒有回頭的機會了！

「雨越下越大了，妳先上車吧。」綠豆熱切地打開車門，完全不理會阿啪的眼神暗示。

女孩坐上車後，不停發著抖，雖然帽子還未拿下，不過阿啪卻從自己的角度發現女孩尖挺的鼻梁，這讓她緊繃的心情稍稍放鬆，起碼對方不會是鄉野傳奇中的無臉女鬼。

「妳知道妳哥哥他們的目的地在哪嗎？還是我送妳到山下？」綠豆的熱心往往不分區域，即使脫離醫院，她的雞婆本性依舊。

「風亞民宿，這是我們落腳的地方，所以他們今天晚上一定會在那裡。」

女孩輕微抖動的聲音完全沒有生氣，平淡的口吻就像千篇一律的機械聲。

風亞民宿？這不正是她堂哥的民宿？阿啪兩隻眼睛為之一亮，萬萬沒想到大家的目的地竟然在同一個地方，難道她也是堂哥的客人？當初堂哥還憂心民宿沒人潮，看樣子現在已經有顧客上門，說什麼也要把顧客帶上山才行。

「我們剛好也要去風亞民宿，就一起過去吧！」阿帕忽然咧開服務生的招牌笑容，一反先前的驚慌，呈現顧客至上的親切態度。

女孩簡單地道了謝，隨後就沒了聲音，就連綠豆這個聊天高手也激不起女孩說話的欲望，最後反而是綠豆和阿帕一搭一唱地說些冷笑話。

外面天色越來越暗，雨勢完全沒有停歇的跡象，也不知道是不是心理作祟，總覺得溫度越來越低。

隨著雷聲隆隆，車內氣氛越來越沉悶，綠豆拚命地想擠出話題，但是令人窒息的空間，加上感覺永無止盡的路途，讓她的思緒一片混亂。正當她準備向阿帕抱怨這到底是什麼鬼地方時，阿帕猛然緊握住她放置在方向盤上的手。

綠豆可以感覺到阿帕的手不但冰涼，而且還有著濕冷的水氣，最明顯的是完全不掩飾的顫動。

「後面……後面……人不見了！」阿啪的眼睛緊盯著後照鏡，剛才明明還看見人影，怎麼一瞬間不見了蹤影？

不見？正在行進中的車子，怎可能會無原無故少了一個人？就算想跳車，也不可能無聲無息，難道……靠！不會這麼衰吧！綠豆腦中閃過哀號，她出門為的就是脫離見鬼的環境，怎麼走到哪都有怪事發生啦！

綠豆下意識地猛踩煞車，同時轉過頭一望，只見女子臉上像是打了十盞青光，兩隻眼睛沒有瞳孔，而是一片慘綠，嘴唇上的皮膚破爛，沒有一處完好，而且還不斷地流膿，她甚至朝著綠豆陰陰一笑。

人家美人一笑是傾城傾國，這女鬼一笑，卻是差點翻車翻白肚……

不會真的這麼衰吧？綠豆深深後悔自己不聽阿啪的勸告，現在想跳車的人是她，偏偏全身癱軟無力，就連打開車門的力氣都沒有，到底為什麼會這樣啊？那女孩明明有腳啊！還是現在連孤魂野鬼為了適者生存，也學會詐騙這招？

死也不敢回頭的阿啪看到綠豆的反應，心中頓時涼了半截，現在她想踹綠豆的欲望指數已經爆表。

幹！不是叫妳不要隨便停車載人嗎？阿啪在心底狂飆髒話。

「啊——」綠豆這時才找到丹田的力量，尖叫聲所傳遞的驚恐迅速擴散開來，阿啪除了緊閉雙眼跟著扯開喉嚨之外，腦中只浮現「死定了」三字。

就在這時候，青臉女鬼的旁邊位置上，陡然出現一張花花綠綠的女性臉孔，雙眼下還淌著刺眼的黑色痕跡，鼻孔還流下兩道血漬，身體像是一顆球一樣，以超乎人體工學的姿勢縮在後座的角落，一臉驚慌失措地看著近乎靈魂出竅的綠豆。

救命喔！她們到底載了幾隻鬼啊？綠豆心想車內的乘客已經夠多了，不需要再增加了吧！

青臉女鬼似乎很滿意綠豆的反應，冷冷一笑之後隨即消失蹤影，旁邊那位花臉女鬼幾乎同時隨著綠豆一樣張大嘴狂叫，而且聽她尖叫的聲音，明顯是已經倒嗓了。

「喂！妳鬼叫什麼？」綠豆在錯愕之餘收聲，完全搞不清楚她到底想做什麼，鬼也會這麼誇張的大叫嗎？

「那妳們又叫什麼？」咦？這聽起來不是剛上車那位女孩的聲音？先前總是沒有起伏的聲調，總算多了一些情緒，聽起來……甚是惶恐。

阿啪一聽見聲音，隨即回過頭，看見女孩的臉後，嚇得往後縮了一下，瑟縮地嚷著：「妳到底是人是鬼？剛剛妳就明明不見了，別跟我說什麼手機掉了，或是綁鞋帶這種老梗……」

「手機掉了？」女孩一愣，急劇起伏的胸口總算稍微緩和，「是啊，我的手機真的掉了，結果妳們突然剎車害我撞到鼻子，弄得我鼻血都噴出來了。不然還有什麼理由會讓妳們以為後面的乘客不見了？車子這麼小……」她氣急敗壞地回嘴，眼神閃爍著令人難以理解的心虛。

真的是這樣嗎？綠豆的腦中浮現巨大的問號，雖然車內視線不是很清楚，但是她明明看見女孩縮在角落裡，蜷曲的姿勢正好被副駕駛座的椅背擋住身影，看起來一點也不像撿手機。

此時綠豆打開車內燈，仔細觀察著女孩，這才發現她臉上的顏色，竟然是因為彩妝淋到雨水後花掉的結果，在昏暗的空間內看起來真的怪可怕的。

而且，載她一程就不錯了，竟敢還敢嫌車子小？妹妹，下次化妝要挑防水的產品啦！綠豆在心底狂叫，嘴巴卻發不出半點聲音，人家總說卸妝前跟卸妝後是天壤之別，但是有沒有人說過，卸妝到一半的女人所造成的驚嚇指數最驚人？

「呼……原來是虛驚一場，我還以為……哈哈！」阿帕尷尬地搔著腦袋，都是自己多疑才造成烏龍一場，愧疚的眼神完全不敢掃向女孩。

若是平時的綠豆，絕對會嘲笑阿帕的動作就像猴子抓跳蚤，但是一想到剛才發青的臉孔，怎麼也笑不出來，就算女孩不是鬼，另外一個怎可能不是？難道對方也只是想搭順風車？

不會吧？她飛起來應該時速破百，搞不好比車速還快耶！綠豆已經開始無法克制地胡思亂想起來。

「咦？前面有房子……我表哥的民宿到了！」外面雨勢已停，前方聳立著一棟洋房，阿帕的語氣中沒有綠豆預期中的興高采烈，反而多了提心吊膽的緊繃。

不過遲鈍到完全沒藥醫的綠豆，一點也沒有察覺。

因為天色的緣故，綠豆三人完全沒發現已經離民宿近了，只要平安到達目的地，綠豆暫時可以把先前的恐懼丟到一邊，現在她只想舒服地泡個澡，然後早點上床休息。

三人飛快地提著自己的行李下車，只是當綠豆在大門口站定看清民宿完整的外觀時，兩眼渙散外加合不攏嘴巴外，手中行李也掉至地面……

這……真的是民宿嗎？綠豆的腦袋開始發出乒乒乓乓的聲響，她懷疑自己偏頭痛的老毛病又要發作了。

眼前的民宿……喔，不！是眼前的破房子看起來應該有三層樓，巴洛克風格的特色還算明顯，若是在五十年前應該會是相當時髦的洋樓，不過現在看來隨時都有可能倒塌，羅馬柱上的雕花看起來就像見縫就竄的藤蔓，加上山中的燈光昏暗，更增添一抹詭譎的氣息。

民宿正前方的噴水池中間聳立的雕像應該是一名手撫豎琴的美女，但是整張臉斑駁泛黃不說，綠豆甚至懷疑雕像的左手隨時有崩裂的可能；除了民宿之外，包含噴水池的庭院真的還滿空曠的，只是卻空蕩蕩的什麼也沒有，除了民宿的範圍外，只剩下一望無盡的樹木，反正整體外觀只能用嘆為觀止來形容。

我到底來到什麼地方啊？綠豆的眼前浮現一行令她欲哭無淚的字幕，現在撤退還來得及嗎？

「唉呀！妳們終於到了，我等妳們很久了呢。」民宿內走出一名頂著五分頭、身材魁梧的男子，光看他的外型，就算是流氓看到他也會自動退三步。

綠豆承認自己是外貌協會的資深會員，而且堪稱打死不退的頑固老賊，如今只能拚命祈禱他千萬不是阿啪準備介紹給自己的遠房哥哥，千萬不要……

一臉狼狽的女孩則是一跳下車就發現民宿前方停了一輛休旅車，顯然她認得這部車。

「請問……程偉在哪一間房？」女孩看起來仍然相當內向，雖然朝著男子問話，視線卻停在自己的腳上。

「喔！今天入住的房客啊，他們全都在三樓。」完全不介意女孩扭捏的行為，男子相當熱絡地指著目前燈火通明的三樓。

女孩連聲招呼也不打，便直接走了進去，冷漠而彆扭的行徑讓阿啪等人感到自討沒趣，雖然確定這女孩是人沒錯，可是感覺比妖魔鬼怪還不討喜。

「綠豆，這是我哥，妳叫他祥哥就可以了。」暫時把女孩拋到腦後，阿啪熱情地上前介紹，祥哥則是憨憨笑了兩聲，相當體貼地扛起兩人的行李，往民宿內移動。

原本話最多的綠豆，還處在無法回過神的震驚中，只能傻傻地跟著祥哥走進屋內。不走進去還好，一踏進去就發現左邊偏黃的牆上有著龜裂的痕跡，她已經開始幻想小強可能會在半夜帶著牠的子孫們出來散步了。

「就把這裡當成自己的家，千萬不要客氣，有什麼需要儘管說。」祥哥一看就是個相當老實的「古意人」，臉上總是掛著溫和的笑容。

整棟建築物美其名是民宿，實際上真的和普通住家完全沒兩樣，一進門就瞧見簡單的櫃檯，上頭什麼東西都沒有，唯一放在桌上的只有寫上歡迎光臨的陽春紙板，大廳的正中央則是一套簡便的灰色沙發和茶几，左側空間則是擺著可以容納十人以上的大餐桌。

整個環境已經讓綠豆找不到恰當的詞來形容了，勉強只能說是相當居家。可是如果想找家的感覺，她直接回家不就得了？

雖然這和當初的想像有著天與地的差別，不過念在祥哥的面子上，綠豆咬著牙，硬是吞下心中那股怨氣。

「我們的房間在二樓，是三人房，我特地請祥哥保留的喔！」阿啪沒神經到完全沒發現綠豆臉上抽搐的嘴角，「一樓是飯廳和會客大廳，裡面一點是祥哥的房間，二樓以上全是住房……」

「小姑姑！」阿啪才介紹到一半，一樓唯一的房間內竄出一名大約才六歲的小女孩，穿著可愛的粉綠色小洋裝，蹦蹦跳跳地衝向阿啪，直喊著要親親。

「小姑姑？這該不會是祥哥的小孩吧？」綠豆危險地挑起眉，嘴邊掛著「妳準備受死」的奸詐笑容。

阿啪尷尬地嘿嘿笑了兩聲，顯然是默認了。

好樣的，還說要介紹猛男給自己，人家都已經有小孩了，還介紹個屁！

「這是我的女兒，奈奈。奈奈，快點跟阿姨問好。」祥哥臉上掛著寵溺的笑容，洋溢著專屬於父親的和煦光芒。

奈奈好奇地看了綠豆一眼，隨即甜甜道：「阿姨妳好！阿姨妳好！」

好奇怪，這個孩子為什麼要重複兩次？而且第一次她的視線對著綠豆，第二次卻對著綠豆的身後？

「阿姨，妳的臉怎麼那麼像波菜，綠綠的？」奈奈天真的小臉上有著興奮之情，顯然她非常好奇。

綠綠的？綠豆心想，雖然她暱稱叫綠豆，但不至於臉真的是一片慘綠吧？還是她的臉上有髒東西？綠豆趕緊用手擦拭臉，疑惑地轉向阿啪。

阿啪卻不知所以地搖搖頭，一點也不明白奈奈在說什麼，難道這孩子有色盲？

「不是妳啦！是站在妳後面的阿姨。」奈奈伸出小巧可愛的手指，指向綠豆身後。

有時候，童言童語最嚇人，在場唯一能被奈奈稱呼為阿姨的只有綠豆，現在到底又多了一個誰？

一陣刺骨冷風從耳邊呼嘯而過，綠豆和阿啪頓時覺得全身發涼……

所有人像是被坍方的落石擊中般，驚慌和錯愕的神情全寫在臉上，綠豆和阿啪更是直接僵在原地，連轉頭一探究竟的勇氣都沒有，反而是祥哥忽然爆出爽朗的笑聲。

「奈奈，妳最近電視看太多了吼？不准這樣嚇小姑姑和阿姨，她們後面沒有其他人了，哪來其它的阿姨？」祥哥完全不當一回事地拍拍女兒的頭，柔聲交代著，「爸爸不喜歡奈奈說謊，知道嗎？好了，妳先去洗手，等一下就開飯了。」

「我沒有說謊，明明——」

「奈奈，乖，聽話。」祥哥雖然制止了女兒的發言，語氣中依舊包含著無限的慈愛。

奈奈嘟起小嘴，不甘心地默默回房間去了。

經過這段插曲，祥哥也只是憨憨一笑帶過，親切地帶著綠豆和阿啪到二樓，對於奈奈的行為也沒有多做解釋，只簡單告知十分鐘之後用餐。

直到確定祥哥關上房門，而且完全聽不見他的腳步聲後，綠豆隱忍已久而隨時會斷掉的神經，同時應聲而斷。

怪談病院
第三章　農藥事件（三）

「阿帕！妳這個王八蛋，妳到底把我騙來什麼鬼地方？說什麼環山面海，又說附近有遊樂園，十分鐘可以到市區，妳說謊怎麼都不會咬到舌頭啊？」

綠豆氣憤難平，這根本是廣告不實，她可不可以一狀告到消基會啊？原來真正的詐騙高手就在自己身邊，古人果然說得對，知人知面不知心啊。

「妳先別激動，聽我解釋。看看現在，我們不就在深山裡嗎？這樣還不是環山？我們面對的是西方，西方有個相當有名的海洋，那就是臺灣海峽，這也就是面海。至於遊樂園，真的在附近，只不過目前還在開發中。市區則是以遊樂園的大門口開始計算，只要十分鐘路程。」

阿帕怎麼說都有理由，綠豆卻已經氣到腦袋狂冒煙，忽然問了一句：「這裡隔音好嗎？」

「喔！說到隔音，這就不是我在吹牛了，媲美我們醫院的隔音設備，好得不得了，晚上絕對聽不到從隔壁傳來的咿咿喔喔。」阿帕得意地抬高下巴。

聽完，綠豆壞壞地笑了兩聲。

阿啪忽然有了不好的預感，正準備往外奔逃時，綠豆以一記乾坤麻花鎖鎖住她的脖子，吼叫著：「妳好大的膽子，把我利誘到這邊也就算了，還說要介紹猛男給我認識？雖然不是我的菜，好歹也讓我稍稍期待了一下，結果他不只不是猛男，還是一個孩子的爸，我的身價已經淪落到這種地步了嗎？我對人家的爸爸完全沒興趣！」

「他……他的老婆跟人家……跑了啦！」阿啪拚了命地掙扎，想從空間有限的支氣管中獲得足夠的氧氣，「我確定……他現在……是單身，真的！我對天發誓！」

「我管他是不是單身！跟妳當同事就夠倒楣了，我可沒打算跟妳當親戚！」綠豆憤憤地放開阿啪，心中怒火仍難以抹滅，不斷盤算著該找什麼理由盡快離開這個一點都不吸引人的民宿，最好明天一早就走！

「那個……綠豆啊，我知道妳很生氣，不過有件事想跟妳商量一下……我知道妳可以看見很多人看不見的東西，能不能看在朋友的面子上，就算看見了也不要說破，再怎麼說，祥哥還需要靠這間民宿生活……」阿帕雙手合十，苦苦哀求道。

綠豆納悶了，為什麼阿帕會忽然提到這件事？這種破民宿就算沒有鬼，也不會有人想來好嗎？不過基於江湖道義，就算她不喜歡這間民宿，也還不至於破壞人家的名聲。

「妳放心啦！我不會這麼白目。」綠豆拍拍自己的胸脯保證，阿帕的臉上總算浮現鬆一口氣的表情。

「我要修理的人是妳，又不是祥哥。」綠豆冷不防地在她背後悄悄地補了一箭。

扣扣扣！

一陣敲門聲傳來，阿啪二話不說便立即開門，只見奈奈站在門口，洋溢著甜美的笑容，開心地拉著阿啪的手嚷著：「小姑姑、阿姨妳們好了嗎？爸爸說準備吃飯囉！」

一提到吃飯，兩人才想起最基本的生理需求，剛才忙著爭論，都忘記晚餐時間到了。

天大地大的事，還是等吃飽飯再說。

兩人帶著奈奈下樓到飯廳時，發現餐桌上已經坐著兩男三女，其中一個是當初半路攔車的女孩。

這五個人的位置排列很奇妙，兩男兩女全坐在同一側，女孩則孤單地坐在他們對面。

這些人應該就是今天入住的房客，也是女孩的哥哥一行人吧。

綠豆想也不想便坐在女孩的對面，不經意地發現對面那個看起來相當妖豔的短髮女子正不耐煩地瞪著旁邊的女孩。

「你們好。」綠豆隨和地向他們打招呼，走到哪就哈拉到哪是她的拿手絕活，從來就不曾發生過怕生的問題。

看起來裝扮還算新潮的年輕男子揚起友善的微笑，「妳好，我是程偉，是小菁的哥哥。妳們就是帶我妹妹回來的好心小姐吧？小菁把經過都告訴我了，真的非常感謝妳的幫忙。本來我們想回頭找她，結果車子在民宿附近拋錨了，而且又下起一陣雨，我們只能趕緊請老闆幫忙把車推回來，所以……」

程偉很積極地解釋，似乎這樣就能擺脫不負責任的惡名，綠豆和阿啪很難想像一個人不見了，怎麼身為哥哥的他竟然關心拋錨的車子，放任妹妹在外面淋雨？

這是人家的家務事，阿啪和綠豆也不方便多說什麼。只見小菁還是低著頭看著桌面，及肩的半長髮遮住大半臉龐，看起來和這群喧鬧的年輕人完全處在不同空間。

雖然程偉不見得是個好哥哥，卻很會炒熱氣氛，接連介紹坐在他身邊那位妖豔卻一點也不友善的女子和另外兩人。

「這位是我的女朋友，倩兒，這位是我的死黨狗子，旁邊那位是我們的同班同學，阿妙。大家趁著暑假，一起出來旅行。」

他們是大學生？阿啪和綠豆差點被口水嗆到，是她們離大學太遙遠，還是社會變遷太快？除了看不清臉孔的小菁之外，阿妙和倩兒濃妝豔抹的臉上完全找不到學生應有的樸實，反而多了些風塵味。

尤其是倩兒，她的名字和本人實在很難搭配在一起，應該取名叫欠扁才對。那張臉比臭豆腐還臭，穿著露股溝的低腰小窄裙和黑色網襪，幾乎露出胸前半顆球的超低V領針織短上衣，頂著超級誇張的煙醺妝和一頭紅褐色的捲髮，難道她們裝扮的年紀已經直接跳過學生階段了嗎？

無奈……無法否認，這兩名女大學生是時下年輕人最愛的辣妹。

奇怪的是，狗子的眼睛不是盯著身邊的兩名辣妹，而是有意無意地掃向綠豆。

「原本明天一早就要前往下一個行程，不過因為車子拋錨了，我們只好在這邊待到車子修好為止。我們都很隨性，到哪都一樣，何況有美女作陪，就算是墳場，也像身處天堂一樣快樂。」

說話的正是狗子，他的語氣顯得相當熱絡，一點也不在意車子拋錨所帶來的不便，刻意斜眼盯著綠豆的表情看起來很痞，髮型看起來就像髮蠟使用過量的突變刺蝟，一樣很痞，不時抖抖手或抖抖腳，整個感覺還是痞，現在一聽他開口說話的那種輕浮的調調，根本只差沒在他的印堂上刻個「痞子」兩個大字。

在山中沒辦法立即找到修車廠，現在都入夜了，最快也要隔天才有辦法請人拖去修，也不知道要多久才能修好。為今之計，只能繼續窩在這個破爛民宿了。

狗子口中的美女應該是辣妹吧？為啥盯著她看啊？綠豆渾身感到不對勁，毛骨悚然的陰涼直竄腦門，總覺得有種不好的預感。

話雖如此，其他幾名大學生似乎也不當一回事，隨遇而安的心態一覽無疑，不但不會為此事懊惱，反而嘻嘻哈哈，整張桌子顯得熱鬧滾滾。

雙方很快就認識彼此，不過大部分時間都是各聊各比較多。在交談之中，綠豆發現倩兒大概就是目前最流行的公主病患者，對程偉說話不但頤指氣使，甚至不時用嫌惡的眼神瞪著小菁，她的眼神讓綠豆感到很不舒服，而小菁的額頭則是越來越貼近桌面。

此時，祥哥俐落地將所有菜色端上桌，熱絡地招呼每一個人可以開動了。

綠豆不得不承認，這間民宿雖然破爛有餘，但是祥哥的手藝卻沒話說，這點令她暗中稱讚了一下。

只是祥哥一會兒又進廚房忙著準備明天的工作，留下他們品嘗他精心烹飪的晚餐。

「原來妳們是護理師啊？」一聽到阿啪兩人的自我介紹，嘴裡塞滿白飯的狗子興奮地手舞足蹈，眼神擠滿了一連串帶著翅膀的小愛心，「我真的超愛護理師！我怎麼這麼幸運？妳完全符合我的菜耶！」

狗子手中的筷子不偏不倚指向綠豆，綠豆的表情就像被捕鼠器夾到一樣措手不及外加額頭發青，看起來比被雷劈到還要錯愕，筷子上的魚丸瞬間跌落桌面，直接在地面上猛打滾。

若不是阿啪有著極佳的控制力，不然她也超想和魚丸躺在一起滾，笑著滾啊！

「欸欸欸，是我們脫離這社會太久而跟不上變遷，還是他的眼睛有問題？

他的胃口和別人不一樣耶！」阿帕在她的耳邊低語，聽得出她非常努力在壓抑隨時爆出喉嚨的笑聲。

咦？奇怪了，一向話最多又最聒噪的綠豆怎麼沒有聲音，還狀似緊張地低頭扒飯？看她吃飯的速度，好像正在參加大胃王比賽似的。

難道……綠豆害羞了？

阿帕正在興災樂禍的同時，不經意地掃了其他笑成一團的大學生一眼，視線最後落在綠豆的飯碗上，只是……她剛剛掃過的瞬間……有沒有看錯？

狗子的肩膀上是不是多了四根青色的手指？

阿帕實在很不想抬頭，雖然她還滿慶幸對方是搭在狗子的肩膀，而不是自己，不過這也有可能是錯覺。

她緩緩抬頭，決定再看一次，沒想到狗子兩肩上都有青色手指，而且出現的部分越來越多，手掌、手腕……兩隻手就像爬竄的青蛇，緩緩地朝著狗子的胸口移動，手臂上的肌膚是正在腐爛中的淡綠色，坑坑疤疤的腐肉中還浮著油光，眼看連手肘都出現了，阿啪嘴巴裡的魚肉不但忘了吞下肚，還差點吐出來。

對面的狗子笑得好開心，阿啪卻很想替他哭，如果他知道自己的肩膀上掛著兩隻腐爛的手臂，應該會有好一陣子連笑這個字都不會寫。

阿啪手中的筷子越抖越劇烈，而且她抖動的筷子正好敲打飯碗的邊緣，其聲響顯然已經快壓過學生們的嬉鬧聲，除了縮在椅子上而始終低著頭的小菁之外，所有人都納悶地盯著阿啪看。

大家完全無法理解兩眼放空、嘴巴開開又一臉呆滯的阿啪到底發生什麼事情，除了身邊的綠豆。

綠豆雖然平時的神經線總是栓不緊，不過她不用想也知道阿啪為何會有此反應，因為自己也看到一樣的景象……

糟了！阿帕看得見？

綠豆在極短的時間內意識到一件相當重要的訊息，如果阿帕也看得見，那就表示對方是怨氣很重的幽靈，也就是說……大家都看得到！

「小姑姑，妳看那個波菜阿姨又來了。」奈奈指著狗子，天真無邪的語氣讓人完全察覺不到恐怖的氛圍。

什麼波菜阿姨？小朋友的思考邏輯實在很難理解，大家自然而然正要順著奈奈所指的方向移動目光時……

「山南——山北——山南山北走一回——」阿帕火速扯開自己的破鑼嗓子，別說大學生的視線全被她拉回來，小菁也錯愕地抬頭看她，連綠豆也嚇得差點倒頭栽。

現在又是什麼狀況？大學生們一頭霧水，完全搞不清楚綠豆為何忽然開始唱起歌來，而且還是他們還沒出生前就存在的老歌。

「餘興時間到了。」阿啪渾身冒著冷汗，卻硬著頭皮開始吆喝，隨即轉頭對著身側的綠豆小小聲說，「萬一現在讓這群學生發現什麼，這間民宿也差不多要關門大吉了！再怎麼說，一個男人帶著一個小孩很可憐，死都不能讓其他人發現這裡有鬼！」

不愧是平時受過專業訓練的急救好手，綠豆馬上反應過來，只要幽靈不傷人，那就裝死到底！

「大家有沒有看過猴子跳舞啊？我們來現場為大家表演一下！」綠豆佯裝熱烈地拍手，唯一附和的只有奈奈，其他人卻目瞪口呆，還在狀況外。

「綠豆，妳要幹嘛？」回過神的阿啪顯得驚慌失措，她根本不知道綠豆在玩什麼花樣。

「妳想讓他們發現這邊有鬼嗎？不想的話就快點跳舞！」好樣的，綠豆的語氣中已經帶著恐嚇，阿啪根本沒有說不的機會。

當務之急，先牽制住他們的注意力才是！

她根本不會跳舞啊！阿啪勉為其難地站起身，一臉慌張又帶著衰相地向綠豆求救。

「隨便跳啦！反正妳像猴子又不是一兩天的事，就算不用練習，跳起來也像猴子！」綠豆很不負責任地隨口回答，「快點跳啊！」

OOXX的，外加他X的BB蛋！

阿啪在心底罵到無力，被趕鴨子上架的她只能站上椅子，以相當不自然的動作扭動，腦海中唯一浮現的畫面是動物奇觀裡面的猴子。

拜託！就算要模仿靈長類也是有難度的，一下子搔頭，一下半蹲兼扭捏的搖晃，嘴裡還不斷發出「嗚嗚嗚」的聲音，只不過她看起來比較像正在做復健的猴子。

阿啪雖然很歹命，卻也很認分，尤其要她面對那兩隻足讓人心臟無力的鬼手，還硬在臉上擠出笑容，簡直比被護理長叫去喝咖啡還痛苦。

不過為了祥哥的生意著想，也只能拚了！

說也奇怪，阿帕扭動的時間越久，鬼手不動的時間就有多久。這令阿帕回想起依芳說過的話，陽氣越強，陰氣就會相對減弱，若是她盡責地把場子搞熱一點，是不是陽氣就會旺起來？

「沒音樂怎麼跳啦，還不快點隨便來一首！」阿帕的心裡還是很害怕，但也只能豁出去了！

被這麼一喊，綠豆不由得慌了手腳，臨時要她唱歌，她還想不起有什麼歌好唱，眼前除了碗筷，連支麥克風都沒有，更別說伴奏了，現在不就是逼她唱出那首經典好歌？

「稟夫人，小人本住在蘇州的城邊，家中有屋又有田，生活樂無邊。誰知那唐伯虎，他蠻橫不留情，勾結官府目無天，占我大屋奪我田……」

綠豆拿起碗筷敲敲打打，腦袋就像裝了彈簧的搖頭娃娃，隨著自己的節拍搖搖晃晃，她早就夢想表演一段「唐伯虎點秋香」的經典畫面，只是從未想過會是在這種情況下表演。

兩個人自嗨的功力果真一流，真不愧是平時在臨床上長期急救所訓練出來的默契，一個乩童，一個「桌頭」，一搭一唱，配合得……有夠不搭，虧她們還能硬著頭皮表演下去。

不知道是不是兩人的表演奏效，只見搭肩的鬼手不但沒有繼續前進，反而不斷地往後縮，最後完全消失。

兩人同時鬆了一大口氣，並停下動作。

不過其他人還沒回過神呢，嘴巴張得比拳頭還大，依舊看著她們兩人。比起對表演的讚嘆，更像是被這爛透的表演嚇傻了。

「結束了！結束了！快點吃飯，菜都涼了。」綠豆擦去額頭上的冷汗，若無其事地招呼大家吃飯。

好不容易闔上嘴的程偉，困難地嚥了嚥口水，小心翼翼地開口問道：「她們……是吃了什麼嗎？感覺副作用很強啊……」

結束痛苦萬分的晚餐，綠豆把阿啪拎回房間，今天晚上若是不好好把事情交代清楚，阿啪就別想上床睡覺了。

「綠豆，妳冷靜點，大家有話好說嘛！」一見綠豆鎖上房門，阿啪的心臟頓時狂跳一百，要知道萬一打起來，她絕對不會是綠豆的對手。

「妳現在就把話說清楚，到底怎麼回事？」綠豆凶神惡煞的模樣絕對不輸惡鬼，「之前我太粗心所以沒發現，現在仔細想想，妳好像急著要我們到這邊來度假，尤其是依芳……我就覺得哪裡怪怪的，原來是這裡有鬼！」

「拜託妳小聲一點，妳想讓全臺灣的人都知道這裡鬧鬼是不是？」阿啪的音量也不會小到哪裡去，現在正窩在廚房洗碗的祥哥應該很慶幸這棟房子唯一的優點就是隔音好。

「妳最好快點交代清楚，不然我會把妳打到連妳媽都認不出來！」綠豆的手指關節開始咔咔作響，她的耐心已經快消失殆盡了。

阿啪無奈地嘆一口氣，哀怨道：「我會帶妳們來這裡，就沒想過要隱瞞。這棟房子的確鬧鬼，而且鬧得很凶。祥哥一個人要帶著孩子養家，本來就會面臨很多的挫折跟困境，後來又因為經濟不景氣，祥哥被裁員，加上工作難找，一時之間沒了收入，只能靠存款過活。後來有人推銷這棟房子，他將剩下所有的錢都拿來買房子，就連裝潢的本錢都沒有，他剩下的希望就是這棟民宿了。

「起初是我嬸嬸跟祥哥一起來整理這棟房子時，發現不大對勁，總覺得有人盯著她。接著是我叔叔、我爸媽跟我姐姐都發現有奇怪的影子出現，甚至連好奇跟著來參觀的小土狗都會吹狗螺。原本這棟房子的外觀就不吸引人了，開業已經兩個月，除了我們之外，外面那群學生是第一批客人，萬一再加上鬧鬼的傳聞，這不是逼祥哥帶著奈奈走上絕路嗎？」

阿帕真情流露的一番說詞，果然徹底打動綠豆堪稱不堪一擊的豆腐心，阿帕都還沒掉淚，綠豆已經快哭了。

「本來我叔叔出錢想裝潢房子，怎知道只要一動工就有怪事發生，不是跳電，就是機器故障，根本就不能裝潢。大家都說這屋子有鬼，祥哥就是不信邪，就連道士上山做法還滾下山，他也不當一回事。」

阿帕的嬸嬸不像自己兒子那麼鐵齒，二話不說就請了道士前來驅邪，怎知還沒來得及開壇，就連人帶包袱滾下山，嚇得人家聽到風亞民宿就害怕得四處逃竄。

阿帕不敢詳述道士的狼狽模樣，就怕綠豆的無限想像會壞事。

「所以妳想請我和依芳來幫忙？」綠豆終於明白阿啪的用心良苦了。以依芳那種不想多事的冷漠個性，若是把話挑明了說，她絕對會來個置之不理。若是以玩樂的名義利誘，等她上了賊船，想不插手也不行，阿啪果真是老謀深算！

「我都計畫好了，只要在消息傳開前解決問題，那麼我們只要多努力一點，勉強度日應該還可以，可是我萬萬沒想到有客人上門，而且還不知道會住多久……」阿啪焦急地來回踱步。

之前在路上遇見小菁時，她還高興終於有顧客上門，興奮之餘沒想到必須面對如此棘手的處境，偏偏她還不能趕客人，萬一撐不到依芳出現就被拆穿，那麼她所做的努力不就全白費了？

祥哥拒絕相信事實，並不代表別人也不相信，她就算拚了命，也要極力阻止憾事發生！

綠豆同樣也是一臉苦惱，扣掉今天不說，依芳還要兩天後才會來，而且以她完全沒有方向感的天性而言，還不知道能不能順利到達。

也就是說，這兩天內必須想盡辦法隱瞞鬧鬼的事實。

「想辦法把鬼藏起來行不行啊？」阿啪已經到了山窮水盡的地步，只能原地做垂死掙扎。

「怎麼藏啊？跟那隻鬼說，請先到衣櫃躲一下嗎？妳剛剛也看到了，那隻鬼是帶有怨氣的幽靈，怎麼可能說什麼她就做什麼。」

綠豆的這番話，讓阿啪的雙眼亮了起來，她激動地搭住綠豆的雙肩，略帶哽咽道：「對耶，我怎麼忘記這件事了，妳不是可以跟好兄弟溝通嗎？」

不安的情緒瞬間在綠豆體內瘋狂竄升，總覺得有什麼倒楣事即將降臨。

阿啪相當戲劇化地拍拍她的肩膀，眼眶還泛著水氣。

「這件事情，就拜託妳了。」

天底下果然沒有白吃的午餐，打從阿啪願意打折提供民宿的那一刻開始，她就該警覺這是陷阱了！要她找魔神仔談判？當她頭殼壞掉喔？就算是依芳，也不會答應做出這種傻事，萬一談不攏被抓走還得了？

綠豆的腦袋是這麼想，不過一想到奈奈這麼可愛的孩子，她又有點於心不忍，難道真的要三更半夜爬去找女鬼聊聊嗎？

美好的假期，為什麼總是浪費在種事上啊？綠豆處在天人交戰的痛苦掙扎之中，她很想學依芳甩頭說不要，心中的罪惡感卻快把她淹死。

為什麼！為什麼老媽把自己生成那種天生雞婆又好管閒事的個性？

「要去哪裡找？」綠豆挫敗地看了阿啪一眼，她無法說服自己當個睜眼瞎子，也學不來依芳的淡漠。

阿啪此刻的表情比中了樂透還要開心，不過開心也只有那麼一瞬間，因為綠豆問到一句關鍵，她們要去哪裡找女鬼？

第四章　農藥事件（四）

綠豆和阿啪兩人正忍著被蚊蟲叮咬的痛苦，躲在民宿後方的庭院暗處。

綠豆超想順勢海K阿啪一番，看樣子她找麻煩的功力完全不輸自己，竟然一找就找到天大的麻煩。

不難想像依芳發現真相之後的表情，相信不用自己動手，依芳的眼神就可以殺死阿啪了。

「根據我們家族的統計，最常看見奇怪影子的地方，就是後院那顆相思樹後面。我姐還說，她從窗戶看出去，那個女鬼就繞著那棵樹打轉，妳說是不是很奇怪？」阿啪指著那棵樹道。

綠豆對於女鬼繞樹的現象並沒有多大的反應，她覺得奇怪的是……

「妳們家族的人為了見鬼的事做統計？該不會還做了一份報表吧？請問一下見鬼的平均值和機率是多少？」她對這點比較好奇。

阿啪沒好氣地翻白眼，心想綠豆到底什麼時候才可以成熟一點？她們在做正經事耶！

「我不知道，我只能說機率偏高。當初祥哥也跟我說過，仲介特別提到這棵相思樹終年不開花已經有幾年了，本來建議把這棵樹砍掉，不過祥哥不願意，所以只好作罷。」

阿啪不知道的是，當初仲介只願意在民宿門口介紹，說話時還不停冒冷汗。

明知情況如此詭異，祥哥還是不顧眾人反對，將這裡買了下來，並保留這棵相思樹。

「終年不開花？」綠豆露出一臉問號，「搞不好是這棵樹生病了，現在都有樹木醫生，有空去找人來出診……」

「噓！」阿啪趕緊摀住綠豆那張持續說著廢話的嘴巴，「好像有聲音。」

沙沙──沙沙──

靜謐的夜中，忽地傳來窸窣而規律的聲響，而且聲音來源竟是離自己不遠的草皮，聽起來就像有什麼東西在草皮上移動。

現在是凌晨一點多，以目前陰森的環境，加上兩人無際無邊的想像力而言，即使再微弱的聲響，都能把她們嚇個半死。

兩人趕緊噤聲，鬼鬼祟祟地躲回草叢裡。

「綠豆，妳跟好兄弟比較有話聊，等等你們放心地聊，不需要顧慮我。」

阿啪言下之意就是她打算縮在這裡，直到綠豆談判結束。

這個臭阿啪，自己的爛攤子丟給她就算了，還這麼不夠義氣，到底是誰說她跟好兄弟有話聊？是好兄弟愛找她聊好嗎！

腳步聲毫不停歇地往大樹移動，而且速度越來越快，直到靠近大樹下，腳步聲驟然消失。

「把話說清楚，不然我們就分手！」一聲吼打破寂靜，這麼有活力又熟悉的聲音，不就是今晚坐在飯廳裡面其中一個女大生？

雖然吵架不是什麼好事，不過阿啪和綠豆卻鬆了一大口氣，慶幸倩兒不是傳說中的女鬼，卻也不約而同地豎起耳朵。

既然剛好在這裡，加減聽一下也不算過分吧。

「你明知道你妹是個瘋子，為什麼還要答應你媽帶她出來？」倩兒完全沒打算壓低音量，聲音清清楚楚地迴盪在庭園中。

大家都說小菁進出精神病院幾次，起初倩兒還不相信，直到她第一次和小菁見面，發現她不但行徑怪異，說話時總是神色鬼祟地盯著對方的腳，有時還會說些讓人聽不懂的話。

每次只要見到小菁，她就渾身不對勁，若不是念在程偉是知名藥廠的小開，她早就跟他分手了！

「妳小聲一點好不好？我妹不是瘋子，她只是比較敏感……」程偉的音量也絲毫不輸倩兒，顯然他很在意別人用瘋子二字來稱呼妹妹。

「今天開車的人是我，我根本沒注意到後座，小菁明明坐在妳旁邊的位置，為什麼她沒跟上車卻不說？連我想去找她，妳還要死要活地阻止我？」

一想到此，程偉仍然相當冒火。就算排斥他的妹妹，倩兒的態度也用不著這麼明顯，他還是在車子故障後才發現小菁不在車上，自責之餘想回頭找人，倩兒竟然還上演一哭二鬧三上吊，連回到民宿後也不肯讓他去找人，直到小菁被其他旅客載回來，才終止了這場鬧劇。

他都可以假裝沒事發生過，難道倩兒就不能讓他喘口氣，好好享受這次的假期嗎？

「你還會怕我大聲？我就是要讓大家知道，我不要她像背後靈一樣陰魂不散……」倩兒失去理智的嗓音持續加大，也不知道是不是民宿的隔音效果真的這麼讚，還是夜風比較強勁，把兩人的音量削弱了，竟然沒人跑出來勸架，可見倩兒的叫囂還不夠力。

女人一旦「盧」起來，簡直比戰車還有戰鬥力，窩在草叢裡的綠豆和阿啪忍不住同情起程偉。這樣一個大好青年，怎麼會葬送在倩兒這種女孩身上啊？

半跪在地上而將頭探出草叢的綠豆，正在體驗狗仔精神的精髓，看情侶吵個沒完沒了，怎麼說這也算是飯後的娛樂性節目，精采程度完全不輸目前灑狗血的八點檔鄉土劇，只是看得正精采時……

「綠豆，他們要吵到什麼時候阿？」阿啪忍不住打個哈欠，「這麼吵，我看什麼妖魔鬼怪都不敢靠近了，我看今天還是先……」

「阿啪！」綠豆忽然劇烈拍打著阿啪的肩膀。

阿啪不耐煩地拍掉她的手，低聲斥道：「幹嘛啦！就算我身上的蚊子很多，也輪不到妳來幫我打，我現在在跟妳講正經事，妳可不可以認真一點？」

「不是啦！阿啪，妳看一下現在是什麼狀況好不好？代誌大條了！」綠豆一把拉起還蹲在地上的阿啪。

阿啪差點以為自己要被勒死了，「幹什麼啦？已經開始上演全武行了是不是？是血濺八方，還是魂斷樹下？這麼激動做什麼？」

阿啪說話的語氣更激動，只不過她還要拚命壓低音量，避免引人注意。

綠豆小心翼翼地指著相思樹，「妳看看他們的上方，看清楚一點！」

阿啪一時還搞不清楚綠豆在說什麼，直到順著她的手勢望去，看見在相思樹梢上，有一顆人頭……

阿啪看不清頭顱的五官，只見大約到肩膀長度的頭髮隨著倒吊的角度在風中搖曳，一雙眼還不時迸出青光，底下的小情侶吵得不可開交，上頭的頭顱則是以極緩慢的速度往下移動，身體還不時隨著樹枝搖擺，眼看肩膀也隨之出現，接下來就是胸口……恐怕等一下連大腿都能看見了。

是吃飯時趴在狗子身上的女鬼！阿啪在心底尖叫著。

女鬼的身軀越拉越長，也越來越靠近小情侶，阿啪根據現場的情勢判斷，頭顱最後一定會停在他們的眼前。

「完蛋了！現在要怎麼辦啊？妳快點想辦法把他們引開，快點！」阿啪回魂似地縮回草叢中，牙齒不停打顫，綠豆懷疑她會不會一不小心就咬舌自盡了。

「這種情況叫我怎麼想啊？難道還要像剛剛一樣唱歌跳舞喔？妳也看一下現在是什麼情勢吧！」綠豆也跟著急忙蹲在阿啪的身邊，說話雖然不像阿啪這麼緊張，不過看起來也好不到哪裡去。

「為什麼不行？至、至少可以加減把鬼趕走啊！」阿啪抓起綠豆的衣領猛搖晃。

「妳冷靜一點！」綠豆憤憤地甩開阿啪，「我們現在一出去，不就擺明我們像變態一樣在偷窺他們？而且我們還站在草叢裡，簡直就是此地無銀三百兩，我不想讓別人以為我是……」

綠豆一緊張起來，就會開始碎碎念，顯然她的「症頭」已經開始發作了。

阿啪無心理會綠豆的滿嘴廢話，緊張地再次探頭看了一眼，這一看可不得了，現在不只腦袋和肩膀完整地出現，而且只差一顆頭的距離就可以碰到程偉的腦袋了……

啪！阿啪轉身就給綠豆一個響亮的耳光，音量之大，完全不輸倩兒的吼叫聲。

「阿啪，妳中邪了是不是？打我做什麼？」綠豆撫著火辣辣的臉頰，不明白阿啪到底在玩什麼花樣，要不是她的腦袋異於常人地堅固，搞不好已經被打到號呆了。

阿啪一臉愧疚，但是嘴上的對不起還沒說出口，又狠狠地推了綠豆一把，直接把她推稻草叢外，順便在她的肚子上補了一腳。

「死阿啪……」綠豆倒地呻吟，完全處在狀況外，阿啪現在是被惡鬼附身了嗎？不然誰來解釋一下，阿啪到底是吃錯什麼藥了？

「綠豆，快點打我，快點！」阿啪趕緊靠上前，以極低的氣音交代著。

「這還用妳說嗎？」綠豆想也不想就像鬥牛一樣狠撞阿啪，綠豆從沒想過有人的興趣就是欠扁，看樣子阿啪也算史上第一人。

既然阿啪的皮在癢，身為好友的她，自然要義不容辭地幫她抓個癢。

綠豆仰躺著，以半空踩腳踏車的方式猛踹阿啪。

阿啪一見綠豆來真的，連退了兩步之後助跑，以泰山壓頂之姿壓制綠豆。

綠豆則是伸手狂搯阿啪的……水蛇腰，阿啪尖叫一聲往後縮，綠豆趁機踹了一腳後撲上前，朝著她的頭髮一陣亂抓。阿啪不甘示弱地舉手反擊，而且嘴巴不時發出巨大號叫，差點震破綠豆的耳膜。

程偉和倩兒一聽到打架的聲音，注意力立即轉移到兩人身上，程偉立即衝上前把兩人拉開，偏偏女人一激動起來，是怎麼樣也擋不住，逼不得已他只好朝著倩兒大叫：「還不快點過來幫忙？」

倩兒雖然很不情願，還是悶悶地走上前，只是她完全沒有拉開兩人的跡象，就冷冷地站在旁邊看好戲。

也許是兩人的打架聲動靜太大，祥哥從民宿內奔了出來，輕輕鬆鬆一拉，纏鬥中的兩人瞬間被分開。

阿啪和綠豆終於停止打鬥，只是兩人的模樣有著說不出的狼狽，不但氣喘吁吁，兩人臉上還掛了彩。

「妳們是怎麼了？剛剛吃飯的時候不是好好的嗎？發生什麼事了？」祥哥詫異地看著兩人，他實在很難想像阿啪有膽子跟別人打架。

糟了！該用什麼理由？剛才事出緊急，只想著趕緊引開小情侶的注意力，完全沒有多餘的時間思考細節，例如……打架的理由。

阿帕漲紅了臉，久久說不出話來。

綠豆飛快接腔，「我們……只不過是在打蚊子啦！你們也知道山上蚊子多嘛！」

綠豆還故意裝腔作勢的上前輕拍阿帕的肩膀，硬扯開已經紅腫的嘴唇，掛上誇張的弧度。

好樣的，就算這個理由有夠瞎，好歹還算是個藉口，日常生活中的綠豆老是笨手笨腳不說，這次腦袋倒是挺靈活的，雖然綠豆的演技有種說不出的怪，但是說謊絕不臉紅的功力還是無人可及。

「對啦，我們在打蚊子，不用這麼大驚小怪。」阿帕忙著附和，眼睛卻不斷瞄向相思樹。

原本倒吊的女鬼好似感覺到阿帕的視線，緩緩地轉向阿帕，阿帕雖然因為距離的關係而看不清女鬼的表情，不過她可以發誓，女鬼正盯著自己，同時身軀也正在慢慢地消失……

阿帕無法克制地打著哆嗦，完全將原本的計畫拋諸腦後了，當下只想打退堂鼓。

程偉和祥哥不可置信地看著阿帕和綠豆，打蚊子有需要打得這麼激烈嗎？這裡的蚊子到底有多大隻？需要這麼費工夫嗎？

「哎呀，沒事沒事，晚上天氣很涼，大家快點進去。」綠豆偷偷瞄了相思樹一眼，為了避免橫生枝節，趕緊讓大家回去屋裡。

倩兒朝著她們翻了翻白眼，帶著一臉的不耐回到屋裡，另外兩人則是不放心地看了阿帕和綠豆一眼。

為了減輕兩名男子心中的疑惑，阿帕和綠豆只好硬著頭皮互勾肩膀，刻意相視嘿嘿笑了兩聲。

直到他們三人消失在自己的視線範圍，阿啪和綠豆趕緊把對方推開，不是臉上面露猙獰地抱著肚子，就是捧著臉頰欲哭無淚兼猛跳腳。

「阿啪，妳這王八蛋，還好是我反應快，妳竟然給我玩真的！」綠豆心想，就算想演戲，好歹也先知會一聲，悶聲不吭就給她一個耳光是怎樣？

綠豆強烈懷疑阿啪對猴子跳舞這件事懷恨在心。

阿啪按揉著額頭上的瘀青，一臉委屈地嚷著：「拜託，我打妳還是我吃虧耶，妳沒聽過手心手背都是肉？妳的皮比我厚，肉也比我多，打在妳身上，我的手比妳痛好嗎！」

偏頭一想，怎麼感覺這個論調怪怪的？手心手背都是肉是這樣解釋的嗎？綠豆看看兩人的體型，的確是自己比較占上風，但是瘋猴的攻擊力一樣驚人，她根本沒占到什麼便宜。

不對，現在不是繼續爭執的時候……明天該怎麼辦啊？她們總不能一直裝瘋賣傻吧？

「再這樣繼續下去，不用女鬼出面嚇死他們，我們就先過勞死了，明天快點叫修車廠把他們的車子拖下山修理，想辦法讓他們快點離開。」

雖然暫時看不到鬼影了，誰知道她會不會再又突然出來？打從她們一踏進民宿就感覺到她，可說無所不在啊！

綠豆的主意獲得阿啪的強烈認同，不過還是等明天再說吧，現在她們只想快點上床休息，談判……等依芳來了之後再看看吧……

窗外天色一片灰濛濛，空氣中瀰漫著一股鬱悶的氣息，有別其他睡得香甜的同伴，阿妙翻來覆去就是睡不好，總覺得渾身不對勁。

明明都夏天了，怎麼感覺房間這麼潮濕？難道老闆沒有除濕機嗎？阿妙在心中抱怨著，也不知道狗子到底哪根筋不對，竟然上網找了這麼破爛又詭異的民宿。

早說過便宜沒好貨，他就是聽不進去。現在可好了，臨時加入令人倒胃口的小菁也就算了，連車子都故障，真不知道還要在這裡住多久，如果還有其他的選擇，她鐵定二話不說馬上脫離這次的行程。

阿妙抬起手腕，手表上才四點半，離天亮還有一小段時間，可是她已經完全睡不著了，只能瞪著天花板發呆。

房內潮濕的氣息越來越明顯，蓋在身上的棉被也帶著隱約濕氣，散發一股刺鼻的霉味，除此之外，還有一種怪異的味道。

奇怪……阿妙變換側躺的姿勢時，眼睛的餘光似乎發現床尾有影子，而且正在移動，難道有人跟她一樣睡不著？

在小夜燈的微弱光線下，眼前的畫面也是模糊一片，什麼都看不清楚，尤其臉部在背光的狀況下，顯得更加陰暗。

小菁起來上廁所嗎？阿妙疑惑地自問，煩躁地再次翻身。

咦？不對！小菁所站的位置和廁所根本不同方向，這時間不睡覺，站在自己床尾做什麼？

阿妙不悅地抿了抿嘴，光是想到小菁都覺得不舒服。早就從倩兒口中聽說過小菁的風評，若不是民宿錢都付了，她才不想跟小菁一同出遊。

閉上眼睛裝睡，打算來個眼不見為淨，不管小菁想做什麼都與自己無關。

當阿妙閉上眼的瞬間，忽然感覺到耳邊吹過一陣冷風，正確地說，好像有人在耳邊吹氣，而且這口氣……陰寒至極。

打從腳底竄起的麻正迅速瀰漫阿妙全身，她立即張開眼，正打算破口大罵的同時，卻猛然發現對面小床上有人影……

記得睡小床的人……不正是小菁？

如果小床上的人是小菁，那……床尾的女人又是誰？這房間裡還有其他人嗎？

阿妙瞬間寒毛直豎，只想快點搖醒身邊的倩兒，無奈她卻連伸手的力氣都沒有，渾身沒辦法動彈，情境就像俗稱的「鬼壓床」

她眼睜睜看著床尾的影子彎成一個非常不自然的角度。

喀！喀喀！喀喀喀！

關節的摩擦聲在寂靜的房內異常清晰，兩隻手臂瞬間被打斷一般的垂掛在肩膀上，隨即以一百八十度的姿勢扭向背後，脖子軟若無骨，整顆頭看起來就像螺絲一樣轉著圈，轉圈的速度像是卡住一般，往右轉了幾下停頓一晌，隨後又往左轉了幾下，加上頭髮遮住整張臉，完全看不出哪邊是正面，哪邊是後腦勺，更加增添了恐怖的氛圍。

噠！噠！噠！噠！噠！

拖行的腳步聲正頻頻刺激著耳膜，阿妙卻看到那身影的腳離地一吋以上，如果對方沒有腳，到底是哪來的聲音？

阿妙已經快被嚇到精神錯亂了，眼看著完全不符合人體工學的兩隻斷臂，正以怪異的姿勢伸上前，眼看就要掐住她的脖子……

「阿妙！阿妙！妳快點醒醒！」

聽見倩兒焦急的聲音，阿妙驚嚇地睜開眼，映入眼簾的是朋友慌張的神情。

「妳沒事吧？妳滿身大汗，滿嘴不知道胡亂念些什麼，快把我嚇死了。」倩兒沒好氣地推了她一把，「妳該不會做了惡夢吧？」

阿妙抬頭望向四周，透過窗戶折射進來的陽光點點，照亮整個房間，外面甚至可以聽見鳥叫聲，房內除了倩兒外，小菁也一臉驚慌地望著自己，看起來這才是現實生活。

她不明白，怎麼一瞬間就天亮了？剛才明明還是一片令人喘不過氣的陰暗呀！

「我看見床尾有個女人，她不但在我耳邊吹氣，還在床邊……」阿妙嚇得臉色發白，她實在不願提起記憶裡的那些片段，因為每一秒都令人為之膽寒。

「妳也幫幫忙，只不過做個惡夢，有必要嚇成這樣子嗎？妳也太沒膽了吧？妳該不會有被惡夢嚇到尿床的經驗吧？」倩兒毫不修飾的嘲諷讓阿妙漲紅了臉，卻絲毫不敢反駁。

「我只是覺得未免過於真實了，實在……實在不像是夢……」阿妙微弱的聲音像在祈求一絲卑微的認同。

「不要因為一場惡夢就變得陰陽怪氣好不好，我們之中存在一個怪咖已經讓我快受不了了。」倩兒惡毒地掃了小菁一眼，就算她不明說，在場的人都明白她口中的怪咖是指誰。

阿妙趕緊識相地閉嘴，只是仍然抑制不了心頭的恐懼。對她而言，這一切讓她無法相信只是一場惡夢這麼簡單，為了避免遭受倩兒無情的攻擊，她不得不將滿腹的委屈吞下，卻發現……小菁無神的眼睛正緊盯著她不放！

阿妙猜不透小菁的想法，僅感覺到永無止盡的寒冷正朝她席捲而來，心中的不安，前所未有地強烈。

怪談病院
第五章　農藥事件（五）

清新的晨風吹響門板上的鈴鐺，鳥兒在空中撒播著悠揚的歌聲，耀眼的陽光正閃爍著屬於夏日的熱度，綴滿整個庭園，也綴滿枝葉繁茂的窗臺前。

牆上時鐘顯示現在是早上七點半，又是一天新的開始。飯桌上，每人面前放著一盤炒飯外，另外還有切盤的水果跟現打果汁。

程偉一行人早早入座，每個人看起來不是沒睡飽的模樣，就是悶悶不樂，就算美食擺在面前，也引不起食欲。

頭頂著一個腫包的阿啪，和一隻眼睛掛著黑輪的綠豆正忙著暗中盤算，到底怎麼樣才能盡快把這群人趕出民宿。

「阿啪，妳有沒有修車廠的電話？快點打電話叫他們派人來把車子拖下山，就算還不到開門時間，也要想辦法逼他們趕快來拖，知道了嗎？」

綠豆在阿啪耳邊開始嘀嘀咕咕，飯桌上的氣氛有種難以言預的沉悶，加上隨時都要擔心出現無法控制的突發狀況，搞得她的胃都開始抗議了，叫她怎麼消化食物嘛！

阿啪一接收到命令，二話不說便放下手中碗筷，起身走出飯廳。

幸好祥哥為了方便，就把各種店家的名片簿放在電話旁邊，阿啪一翻就找到修車廠的電話了。

一口氣按下號碼，響了好一陣子才有人接起電話，聽起來是男人的聲音，還是剛從床上爬起來的慵懶聲音。

「要我現在去拖車？現在還不到八點欸，小姐。」男人的聲音充滿不耐。

「老闆，這次真的很急，就當大家交個朋友，你也有錢賺，我也可以修車，大家皆大歡喜，不是很好嗎？」阿啪開始展開三寸不爛之舌的頂級功力，怎樣都要讓老闆點頭答應。

「好啦好啦！妳都這麼說了，我不答應就太不上道了，位置在哪裡？」

男人遲疑了一晌，最後還是軟化了。

「風亞民宿。」

「山上的風亞民宿？」男人的聲音忽然變得尖銳，「不去不去！就算妳給我雙倍的價錢，我也不去，妳找別人吧！」

阿啪連再見都來不及說，對方就把電話掛斷了……

她不信邪，找到另外兩家修車廠的電話，只是大家最後的回答都一樣，就連掛電話的速度都一樣乾淨俐落。

她只能灰頭土臉地回到飯廳，一見到綠豆的期待神情，她的臉都快貼到自己的胸口了。

綠豆朝天翻起白眼，光看阿啪像是準備送人出殯的表情就知道失敗了，何須多言？

綠豆正想開口罵她成事不足的同時，祥哥正好從廚房走了出來。

「老闆，車子今天能修好嗎？」出乎意料的，開口的人竟然是阿妙，而且她的口氣顯得相當急躁。

原本掛在祥哥臉上的笑容瞬間僵硬，面有難色地道：「真是不好意思，昨天我已經打電話聯絡過修車廠，修車廠……覺得這邊太遠了，都不願意上山來。等一下我要送我女兒下山，會順便問看看其他修車廠願不願意上來拖車。」

綠豆光聽就知道其中一定有鬼，而且「有鬼」還不是形容詞……

如果她是修車廠老闆，也不會願意上山。

「還要等啊？」阿妙的表情盡是失望，不難看出她急著想離開的意圖。

狗子斜眼掃向阿妙，納悶道：「阿妙，妳是怎麼了？昨天不是說好等車子修好再離開，反正我們這趟沒有目標的行程到哪裡都一樣啊，也不差這一天吧。」

阿妙欲言又止地偷瞄了倩兒一眼，生怕萬一說是看到鬼，不但得不到安慰，還會引來一陣嘲諷，與其成為大家的笑柄，不如乖乖閉上嘴。

祥哥見到大學生對於修車並沒有很急迫，暗暗鬆了口氣，原本很擔心自己的服務不周會引來第一批客人的不滿，看來應該還好。

可是……這消息對阿帕和綠豆而言，無疑是晴天霹靂，她們連怎麼撐過去都沒有計畫耶！

祥哥見眾人吃得差不多，一個接著一個離席後，隨即拉了阿帕一把，交代著：「阿帕，照理說妳也是客人，我應該好好招待妳的，不過奈奈一早就吵著不舒服，我必須帶她下山看醫生，順便請我媽媽代為照顧她。我很快就會回來，這段時間麻煩妳幫忙看著民宿，反正除了妳們之外，也沒有其他預約了，那些學生如果有什麼需求妳就自己看著辦。」

看著辦？祥哥怎麼能把話說得這麼輕鬆啊？阿帕的眼淚差點飆出來，光是擔心被別人發現這裡鬧鬼的事就夠讓她頭大了，現在還把整棟民宿丟給她顧，就算想讓她早點魂歸西天，也不必這麼殘忍吧？

「祥哥，我真的不——」

「阿帕，我會趕在午餐之前回來，就拜託妳幫幫忙了。」祥哥匆匆丟下幾句話，隨即抱著奈奈上車，以最快的速度駛離民宿。

阿帕欲哭無淚地站在民宿門口，當下腦中一片空白，不明白自己為什麼人生如此悲慘。

綠豆則默默站在旁邊，哀怨地拍拍阿帕的肩膀道：「小朋友不舒服也沒辦法，反正他會在中午前趕回來，妳就認命點，我想現在的陽光這麼大，就算是厲鬼，也不大可能會在白天出現，只要太陽還沒下山，我們就不用這麼緊張。」

「就算白天沒有鬼，萬一忽然有人要住房怎麼辦？我完全沒經驗……」

「妳會不會想太多了？要不是逼不得已，誰會來住這種鬼地方？有車的人絕對立刻掉頭就走好嗎！」綠豆不知死活地開始發表言論，完全沒注意到身邊掃來的殺人目光。

阿啪心想，就算這是事實，也不要講出來好嗎？

正當兩人準備回屋子裡時，綠豆突然哀號一聲，不敢置信地說：「不會吧？每次好的不靈壞的靈，我好像看到有人提著行李往這邊走來……」

阿啪往綠豆的視線方向望去，果然有一個戴著鴨舌帽的瘦弱人影正提著行李往民宿方向移動。

兩人實在不明白怎麼有人會提著行李徒步上山，難道想藉機訓練體能？

「阿啪，客人來的時候，需要準備什麼？要先喊歡迎光臨，還是要先鞠躬遞毛巾？該不會還要介紹環境吧？」綠豆莫名緊張起來，招呼病人她很會，招呼正常人卻完全沒經驗啊！

「帶人家開房間就可以……不是開房間，是打開房間讓人家住進去就好啦！」阿帕也跟著語無倫次起來。

隨著人影越來越靠近民宿，兩人也越來越緊張。阿帕終於忍不住，語出驚人道：「趁祥哥不在，我們就說客滿了，把人趕走怎麼樣？」

綠豆詫異地回看阿帕，搖著頭道：「阿帕，原來妳這麼狠心！人家提著大包小包爬上山已經夠慘了，妳還要趕人家下山？有沒有天良啊！」

身為護理人員，不是應該要秉持愛心、耐心和恆心嗎？她把最基本的愛心全忘光光了嗎！

「這不是狠不狠心的問題，妳要知道這間不是普通的民宿，裡面的大學生都快搞不定了，現在又多出一個人，妳知道會有多麻煩嗎？」阿帕忍不住和綠豆吵了起來。

「好歹也讓人家喝口茶吧？不然也送人家一罐運動飲料，這種天氣趕人下山，不中暑也會脫水……」

「妳們又在吵什麼啊……」快要喘不過氣的聲音傳進兩人耳裡，她們一轉過頭，發現提著行李的人影已經出現在眼前，只是對方看起來超級狼狽，兩隻手撐在民宿門口的矮牆上，低著頭頻頻喘氣。

鴨舌帽遮著此人的臉，導致看不清楚她的五官，不過看她喘氣的速度，外加如此要命熟悉的嗓音，這個人……這個人……

「依芳？是依芳——」綠豆和阿啪欣喜若狂，異口同聲地尖叫起來。

「感謝老天！一定是老天聽到我昨天晚上的祈禱，出現神蹟了！」綠豆興奮地又叫又跳，超想立刻跪下來磕頭謝恩，不過一時找不到跪拜的方位，只好雙手合十，朝著四方虔誠地膜拜。

依芳本來感覺自己快斷氣了，看到兩人比中樂透還要誇張的情緒反應，不由得在下意識瞬間暫停呼吸動作，吶吶道：「妳們也太誇張了吧，我們才兩天沒見面耶。」

「哎呀，俗話說一日不見如隔三秋嘛，換算一下，我們已經有六秋沒見面了，當然要高興一下啦！」阿帕興高采烈地勾著依芳的肩膀，熱絡地提起她腳邊的行李往屋內移動。

依芳警覺地推開阿帕，仔細端詳著異常熱情的兩人，語氣小心地問：「那麼……短短的六秋沒見面，怎麼一個被打得像賤狗，一個是腦袋腫得像豬頭，妳們該不會有什麼事瞞著我吧？」

「沒有沒有！」綠豆飛快地搖搖頭，「我們臉上的傷只是一場烏龍意外啦。反正說來話長，有時間再跟妳解釋，先帶妳進房間休息一下。」

她的臉上堆滿了笑容，拉著依芳繼續前進。

如今先想辦法讓依芳放下行李，再找機會跟她說明情況。到時萬一她打死不幫忙，扣押她的行李和錢包是最有效的方法，就算她想跑也無能為力。雖然這方式卑鄙了一點，不過真的很好用……

綠豆耍賴似的微笑令依芳毛骨悚然，她擺明不相信這套說法，不過嘴上也沒有反駁，默默地跟著兩人上了二樓。

依芳見了民宿的環境後，並沒有出現和綠豆一樣的狂躁現象，這點讓阿啪心懷感激，畢竟不是每個人都像依芳一樣這麼好款待。

其實依芳不是不在意，只是她更在乎房間裡的環境，畢竟睡眠是她人生中的大事，房內品質更重要。

她隨意地環顧四周，簡單的三張單人床就擺在房內，床旁擺著圓形小茶几，牆面前則是一臺看似老舊的平面電視，和一組小沙發，整個房間採用柔和的粉藍色系，設備雖然簡單，也不算太差，起碼看起來很乾淨。

「依芳，房間應該還可以吧？」綠豆鬼鬼祟祟地在依芳身邊圍繞，她看起來比民宿主人更加擔心依芳的反應，萬一留不住依芳，會不會搞出人命都還是未知數呢！

依芳無所謂地聳聳肩，正打算回答還不錯的同時，她正好看見窗戶外面聳立的那顆相思樹，她的注意力完全被吸引過去，頓時走向窗戶望向後院，感覺到那棵樹……

「依芳，妳為什麼會提早一天到？」見到依芳盯著相思樹不放，阿啪的心跳瞬間加速，必須趕快轉移她的注意力才行。

萬一讓她發現不對勁，之後再說什麼大概都於事無補了。要知道依芳不管經歷多少次靈異事件，總是三不管的態度，只是每次都莫名其妙的狀況下被捲入，所以她現在學聰明了，只要感覺不對，就會立刻閃人。

「喔！因為病人數不夠，所以阿長讓我多休一天。」依芳完全沒注意到阿啪這招聲東擊西的伎倆，回頭笑著挑眉，一想到多一天的假期，忍不住喜上眉梢。

醫院工作一向繁重，在人力調配上需要配合病人數量，通常病人激增可以派遣人力支援，相對病人數減少，護理長有權利可以刪減人力，通常刪減的人力是俗稱的ON CALL班，必須在家待命，萬一有新病人入單位必須隨傳隨到，不過當病患的數量低過底限，ON CALL班就會直接轉成休假。

「感謝阿長！」綠豆手足舞蹈地拍拍胸口，認識護理長這麼久，就是這次最有人情味，「我會早晚三柱香，外加睡前默念阿長的名字三次，好表達我內心的感激！」

依芳噗哧笑了一聲，心想萬一護理長知道綠豆的感謝方式，應該高興不起來。

「可惜這邊的收訊不好，不然可以叫綠豆下山去接妳，妳就不用自己爬上來了。」阿啪持續想轉移依芳的注意力，不過心裡卻也嘀咕依芳未免小氣過頭了，寧願頂著大太陽上山，也不願意坐計程車嗎？

一提到這個話題，依芳頓時一臉怒氣道：「說到這個我就生氣！我出了車站後叫了計程車，結果大家一聽到風亞民宿都搖頭拒載，好不容易找到一臺願意上山的計程車，卻直接表明只載到半山腰，我問他為什麼，司機只是搖頭卻不回答我，還勸我不要上山，真是奇怪！」

「對啊，真的很奇怪……」阿帕乾笑著附和，只能和同樣苦笑中的綠豆以眼神交會。

沒想到風亞這麼出名，連計程車都不願意靠近，這樣生意能好起來才怪！

「算了，不提掃興的事，我死命地爬上來，就是不想錯過等一下會重播的連續劇。」依芳發現時間差不多了，趕緊轉身找電視遙控器，對她而言，這是比睡眠還重要的事。

阿帕和綠豆一聽到她要看電視，瞬間在原地彈跳一下，大家都知道她超喜歡目前的當紅小生祈風，每天必定準時收看祈風主演的連續劇，萬一她發現……

「沒有第四臺?!」依芳的尖叫聲簡直快震破玻璃，顯然她非常暴怒。

「那個……山上沒辦法裝第四臺……」阿啪心虛地解釋。

正確的說法是……就算可以安裝第四臺，也沒人敢來鬧鬼區域裝吧。

依芳呈現恍神狀態持續三十秒，無疑造成不小的打擊，久久回過神之後，二話不說便抓起地上行李。

「再見！」她完全沒辦法接受這個事實，頭也不回地往外走。

阿啪和綠豆連忙架住她，死活不肯放手。沒想到依芳竟然為了一齣連續劇說走就走，讓她們緩衝的時間都沒有，連行李都來不及先藏起來，這叫她們怎麼辦嘛！

顯然依芳去意堅定，兩個人還抓不住急著掙脫的依芳，阿啪甚至抱住依芳的大腿，一連被拖行兩三步，完全看不出平日瘦弱的依芳竟然為了一名偶像，可以激發出潛藏的野獸本能，只差沒有張嘴嘶吼而已。

「好啦！只要妳不走，大不了回去我買一套正版 DVD 給妳！」阿帕邊抱大腿邊大叫。

此語一出，依芳驟然停止掙脫，綠豆則是睜大眼睛、撐大鼻孔，完全不敢相信地盯著阿帕，心想阿帕這傢伙果然是豁出去了，連一套臺幣一千多元的 DVD 都擺上桌了，看樣子這一次的旅遊讓阿帕跳樓大失血啊。

綠豆開始同情起悲慘的阿帕了，往後若要擺平依芳，恐怕需要付出的不只這樣。

依芳雖然很高興，不過卻納悶地低頭看著阿帕，總覺得哪裡不對勁。阿帕學姐為人雖然不小氣，但也稱不上大方，平日連頓宵夜也沒請過，今天卻豪爽地大放送？不對勁！

「學姐，妳們……」依芳才剛出聲，忽地又朝著窗外凝視，表情瞬間沉了下來，再度走向窗臺。

完了完了！她注意到了！

綠豆和阿帕在心中不斷哀號，眼看事情就要穿幫了，綠豆急得團團轉，忙著找地方藏依芳的行李，阿帕則是暗中祈禱學妹能大發慈悲，願意拔刀相助了。

依芳指著窗外，皺緊眉心回頭看著她們兩人，嫌惡道：「居然有人在樹下小便？這裡該不會連廁所都沒有吧？」

怪談病院
第六章　農藥事件（六）

沁涼夜風撫過窗臺上的窗簾，輕舞飛揚的白色裙襬宛若一朵盛開的清幽百合，為這靜寂的夜晚增添一抹飄然的律動。

民宿環境稱不上華麗，但是在這樣沒有世俗紛擾的夜晚，有種說不出的舒適。

躺在床上翻著原文小說的程偉顯然相當享受，對他而言，這才是可以沉澱心靈的假期，雖然活動不多，白天在附近的山林中散步和攝影，晚上則是享受前所未有的寧靜，這樣的旅程，沒有想像中的差。

剛洗完澡的狗子下半身只圍了一條浴巾，踏出浴室的第一件事情就是轉開電視，雖然只有幾臺節目，至少聊勝於無。

電視機傳來的芭樂歌曲破壞了原有的寧靜，程偉略顯失望地放下小說，問道：「喂，今天一整天都不見老闆，中餐和晚餐不是冷凍包子就是肉粽，你不覺得有點奇怪嗎？」

今天的飯菜全由護理師姐姐們準備，倩兒很不高興地頻頻抱怨外，其他人倒也沒有多大的意見，只是他看得出阿啪和綠豆似乎有點焦慮。

他享受歸享受，對於某些小細節依然保持著警覺性，老認為哪裡有古怪，卻說不上來。

狗子誇張的笑聲傳了過來，「只要能看見我的護理師姐姐，不論吃什麼都可以，而且那些東西也沒有想像中難吃啊！」

狗子屬於神經比較粗的人，目前的注意力全集中在綠豆身上了，很難發現哪裡有問題。

程偉沒好氣地笑了一聲，心想愛情的力量真偉大，平時最愛抱怨的友人，竟然到現在都沒有一句怨言，一副樂在其中的模樣，若不是狗子與綠豆認識在後，不然他真的會懷疑車子拋錨是狗子的傑作。

噠噠噠……噠噠噠噠噠噠……

微弱而斷斷續續的聲音在房內響起，原本帶著微涼的輕柔晚風在轉眼間轉為強勁，冷冷的風颳過兩人的臉，有種說不出的寒意……

「這是什麼聲音？怎麼越來越大聲？」狗子提出心中疑問。

程偉不耐煩地猛然推了狗子一把，故作生氣道：「狗子，都什麼時候了，你還有心情惡作劇？這聲音聽起來分明就是你的遙控越野車，我記得你有帶出門吧，別老是玩這種幼稚無聊的把戲啦！」

狗子聞言，急得跳腳解釋：「拜託，你都說是遙控越野車了，你看看我的遙控器在哪裡？」

狗子說得也有道理，搖控器的方正外型不算小，狗子的身上只圍著一條浴巾，絕對不可能把車藏在身上。

如果不是狗子……那還有誰？程偉緊張地嚥了嚥口水，即使風力再強，也止不住狂飆冷汗的生理系統。

兩個人受到驚嚇般的在床上站得筆直，伸長脖子想找出聲音的來源。

「狗子，我現在真的沒有心情跟你開玩笑，如果你肯承認是你的惡作劇，我會考慮給你五百。」程偉只能寄望一切只是個惡劣的玩笑。

遙控車的聲音越來越大聲，這也表示距離正不斷拉近，問題是這個房間才多大，為什麼完全沒看到遙控車的影子？

「五百？美金嗎？我給你一千，拜託你快點承認這是你幹的！」狗子的聲音也開始發抖，總覺得好冷好冷，現在不是夏天嗎？還是因為自己沒穿衣服的關係？

房內緊張的氣息達到最高點，兩人也搞不清楚到底是因為害怕，還是溫度低而導致渾身顫抖，狗子的嘴唇甚至發紫了……

「咦，停了？」

程偉仔細地豎起耳朵，奇怪的聲音終於停止了，房內又回復一片祥和的寧靜，只是溫度似乎沒有拉高的趨勢。

兩個人分別呼了一口長氣，看到對方嚇得臉色發白的模樣，忍不住相視而笑，此時狗子雙手環胸，打著哆嗦嚷道：「冷氣是不是壞了？溫度未免太低了吧？」

程偉俐落地跳下床，走向冷氣開關查看，沒想到冷氣早在不知何時被關了……

盛夏時節，在完全沒有冷氣的空間裡，冷到嘴直冒白煙的機率有多高？例如現在！

噠噠噠……噠噠噠噠噠……

刺耳聲響再度傳來，和先前比較起來，聲音顯得更加激烈，聽起來相當凶猛，彷彿正以準備火拚的速度狂奔。

「阿……阿……偉，你看過把天花板當賽車場的遙控車嗎？」

狗子聽起來已經快哭的嗓音，好似跌落看不見黎明的萬丈深淵。

程偉反射性地一抬頭，完全不敢相信自己的眼睛，狗子的遙控車竟然在天花板上橫衝直撞，沿著牆壁不停奔著，難道……難道牛頓的地心引力是錯誤的理論？

狗子慌張地連衣服都來不及穿，推開房門就瘋狂亂叫。程偉也顧不得這麼多了，緊跟在狗子身後衝了出去。

狗子的慘叫聲驚動了民宿內其他人，綠豆被嚇得打翻了飲料，阿啪則是洗頭正洗到一半，根本沒時間沖水，頭頂著泡泡就和綠豆火速衝了出去。

依芳納悶地看著驚慌莫名的兩人，一時還處在狀況外，不過這麼悽慘的叫聲，聽起來一點也不像小事。基於職業本能，她也快步跟上前，一踏出房門，就見狗子和程偉兩個人毫無方向感地逃竄。

逃命就逃命，有需要裸體嗎？

「那個……我應該沒產生幻覺吧?狗子是在蹓鳥嗎?」綠豆愣愣地指著高舉雙手、不斷喊著救命的狗子,這個畫面未免過於聳動了。

阿啪氣急敗壞地直跺腳,「都什麼時候了,妳還有心情賞鳥啊!」

「拜託,我是這麼低級的人嗎?是他朝著我的方向跑來,我能看不見嗎?」綠豆的語氣也沒多好,氣呼呼地準備開戰,「等等,為什麼他們朝我們這邊跑?我們這裡沒路了耶!」

狗子和程偉也不知是怎麼了,完全沒往一樓跑的打算,反而在二樓叫又跳,一見阿啪等人出現,急忙往她們的方向跑去,根本沒察覺阿啪等人的房間在二樓最裡面,跑到那裡,無疑是到了死路,沒有其他通道可以逃命。

「那臺車是幽靈車,它一直追我們!」

狗子的聲音已經快掀了屋頂,緊黏著牆壁猛跳腳,倩兒等人則是站在樓梯口往下看,完全搞不清楚怎麼回事。

阿啪和綠豆見到這一幕也不禁傻眼，兩人根本來不及以眼神交會，當下一把抓著狗子和程偉，打算以最敏捷的速度退回房間，房門卻在這時被卡死，完全推不開。

阿娘喂！門怎麼會在這時候卡死了？五個人拚命想撞破門，但是時間根本不夠，眼看冒火的遙控車即將撞上狗子身後的程偉……

站在階梯上的小菁見到這一幕，忍不住大叫：「哥，危險！」

程偉一回頭，發現遙控車快撞上自己的腳踝，本來想直接用腳踹開，沒想到車子竟然繞過了他，直朝狗子而去！

狗子雙腿一軟，不爭氣地跌坐在地，連跑也跑不動，在電石光火之際，眼看遙控車就要撞上他……

砰！一聲巨響襲來，眾人嚇得全閉上了眼，等待著即將爆發的哀號聲。

奇怪的是，狗子的叫聲並未響起，遙控車聲也消失無蹤。

狗子小心翼翼地睜開眼，怎麼身上一點感覺也沒有，只感到一陣涼？

只見依芳站在自己面前，手中還拿著放置在牆邊的滅火器，遙控車的車身布滿了白色乾粉，而且依芳的腳還狠狠地踩在車上。看她踩車子的模樣，簡直跟平時踩蟑螂沒兩樣，車子當場四分五裂，碎片散了一地。

阿啪和綠豆的眼眶含淚，幾乎要高舉雙手呼喊萬歲，依芳平時真的很兩光，不過俗話說得好，時勢造英雄，在重要時刻還是有點用處。

「嚇死我了！」狗子鬆了一口氣，總覺得快虛脫了。

大家一見警報解除，紛紛擦去額頭上的冷汗，唯獨阿妙顫巍巍的身軀使不上力而跌坐在地，還是小菁好心地上前拉了她一把。

怎料阿妙第一句話不是對著小菁說謝謝，而是眼神呆滯地對著空氣嚷著：

「我要離開這裡，這裡有鬼……」

阿啪和綠豆一聽，心虛地連話都說不出來，根本沒有立場辯駁。

「吵死了！」倩兒不耐煩地駁斥，一臉不悅，「世上哪來的鬼？妳自己嚇自己就算了，別把我們也拖下水，我就是不信世上有鬼！這只不過是狗子的遙控車一時電路秀逗而已，有什麼好大驚小怪的？」

「可是……」狗子急著想解釋電路秀逗就算有可能自己跑、自體燃燒，也絕對不可能在天花板上面跑吧？

程偉卻在這時趕緊扯住狗子的手臂，搖著頭希望他別再說了，他不希望嚇到女孩們，尤其狗子的裸體已經夠嚇人了。

依芳面無表情地放下手中的滅火器，看著眼前滑稽的畫面，阿啪的頭還頂著泡沫，綠豆的衣服也濕了一片，狗子最離譜，到現在還全身赤身，一點也不害臊。

依芳朝著狗子淡淡道：「你想光屁股多久啊？該穿褲子了吧？」

她一提醒，大家才從驚嚇中回過神，女大學生們紛紛捂住眼睛尖叫，轉眼間消失在樓梯盡頭。

反觀綠豆等人卻一臉平常，沒什麼特別的反應。

狗子的表情就像誤觸高壓電一樣精采，狼狽地夾緊雙腳，面紅耳赤道：「妳們的反應怎麼和正常人不一樣啊？好歹叫一下，然後轉身跑開，這樣我們雙方都比較不會尷尬吧！」

阿啪若無其事地高舉兩手，繼續先前的洗頭動作，不屑地看了他一眼，諷刺道：「拜託，我們是什麼職業？這種場面有什麼好叫的？」

阿啪說完，轉身輕易打開了房門，完全沒有卡住的跡象。

狗子臉上一陣青一陣白，聽到這樣的語氣，忍不住激動起來，「妳說這話是什麼意思？」

從他面前經過的依芳也跟著睨了他一眼，冷笑兩聲，「沒什麼意思。」

看她壞壞的表情浮上面容，一點也不像沒什麼意思，隨後跟著進房的綠豆則是以同情的眼神看著他，不經意的「嘖嘖」兩聲，還難掩憐憫的神情搖頭……

怪談病院
第七章　農藥事件（七）

「我就知道有問題！」回到房間內，依芳忍不住大聲咆哮。

天底下沒有白吃的午餐，果然是古人的智慧！打一折的住宿費和價值一千多元的正版DVD，全都是詭計，都是自己被一時的好康給沖昏頭，看樣子是她自己太天真了。

阿啪和綠豆扭捏地站在房間正中央，看起來就像做錯事的學生，真搞不清楚誰才是學姐。

「我們這麼做也是逼不得已，祥哥真的很可憐，這間民宿經營到現在都有一段時間了，直到現在才有第一批客人。他連自己都快養不活了，怎麼養小孩？老婆又跟別人跑了，到現在還下落不明……」綠豆開始採取哀兵政策，以她對依芳的了解，她是個外冷內熱的人，只要動之以情，難免會動搖。

「不知情的我才可憐吧？就算我阿公是天師，我卻只是個半調子，妳想想，對於沒畢業的護生，妳敢把病人丟給她照顧嗎？會出人命欸！」

太可笑了，好不容易得到的休假竟然換得這樣的下場，她原本還滿心期待，結果卻蹚入一灘渾水中，最悲慘的是這渾水還是別人幫她找的。

「我們也沒辦法啊！祥哥不信邪，現在又多了一群大學生，我們真的隱瞞得很辛苦，妳知道鬧鬼的消息萬一傳出去……」

「我知道會有什麼下場！」依芳不等阿啪說完，就火大地打斷，「這種事根本紙包不住火，那棵相思樹怨氣沖天，本來就很詭異，加上那個看起來讓人想踹一腳的大學生在樹底下撒尿，只會讓情況更加惡化而已。妳們也看到了，對方擺明針對他來的，如果要他活著走出這間民宿，快點想辦法讓他下山……不，應該是我們全都要下山。」

聽到依芳的分析，綠豆驚訝地靠上前問：「妳早就知道那棵樹有問題？那妳怎麼還願意住進來？」

虧自己和阿啪想盡各種辦法把她騙進屋裡，原來她早就知道，還故作若無其事？這傢伙怎麼在醫院裡是這樣，連在外面也是這樣啊？

面對綠豆的疑問，依芳一臉尷尬地撇撇嘴，小聲道：「這麼便宜的民宿不住白不住，何況天底下何其大，走到哪都會遇見好兄弟，或多或少而已，就算對方是怨鬼或是厲鬼，報仇會找事主，嚇人則是嚇不倒我，想找麻煩也不會找到我頭上。反正不是長住，對我來說就跟在醫院一樣，見怪不怪。」

依芳從小就在充滿鬼神的環境下長大，加上家有天師阿公，身上多少具有驅邪的磁場，一般的幽靈鬼怪遇到她，通常會自動閃避，根本不想自討沒趣。

也就是說，就算住在鬼屋裡，依芳也有本事對第三空間的朋友們視而不見，安然地享受假期。

「可是……祥哥還沒回來，萬一他回來發現空無一人，我真的沒辦法交代。」阿啪看起來快哭了。

「房子空無一人總比滿屋子屍體或瘋子來得好吧？之前我可以假裝不當一回事，現在不一樣，那個大學生撒尿是陰間的禁忌，通常孤魂野鬼在外面飄蕩已經夠可憐，若是地縛靈那更慘，受困在同一個地點忍受永無止盡的痛苦所造成的怨氣絕對不小，再灑一泡尿下去，妳覺得鬼不會抓狂嗎？」

依芳雖然不喜歡找麻煩，不過既然麻煩找上門，就必須把所有利害得失全計算在內，趁現在還有機會，能快點下山就下山。

綠豆點點頭，覺得自家學妹說得很有道理，「明天一早就讓他們離開吧！大不了我開兩趟車，把大家送下山。」

起先那隻女鬼並沒有攻擊現象，大家還能相安無事，如今情勢大不相同，別說阿啪沒辦法說服依芳留下來，連她都無法說服自己。

綠豆和阿啪先到了男生房間門口，敲敲門，來開門的正是程偉，臉上的熊貓眼顯得想當醒目，不難察覺昨晚應該睡不好，不然就是整晚沒睡。

探頭一看，所有學生都集中在這間房裡，狗子和倩兒的手中正拿著撲克牌，阿妙一臉呆滯地坐在一旁，小菁則是坐在床上看書。

經過昨晚的遙控車事件，女孩們根本睡不著，為了減輕心中的焦慮，三更半夜跑來和男生們擠一間好壯膽，沒料到男生們也不敢睡，為了打發時間，只好窩在房內打牌。

阿帕面有難色，吞吞吐吐道：「我們是來通知你們，請你們現在立刻下山。」

「下山？」倩兒丟下手中的撲克牌，口氣顯得相當惡劣，「為什麼臨時要我們下山？車子修好了？」

這傢伙死到臨頭還不自知，都不知道有沒有那個命活著下山了，她還有心情打牌？綠豆在心底大聲叫囂，不過臉上卻堆滿難看的笑。

「車子還沒修好，不過……有可能會山崩，所以我們要緊急疏散。」綠豆心想，天啊身為說謊大師的她怎麼會編出這麼爛的理由！

眾人一聽到山崩，紛紛跳了起來，尤其是倩兒的反應最為劇烈，「怎會有山崩？這幾天都是好天氣，為什麼會突然山崩？」

這問題問得好啊！綠豆苦著一張臉，連她自己都不知道為什麼欸！情急之下脫口而出，她哪會知道為什麼？聽說現在的大學生在課堂上都很少發問，為什麼偏偏在這種節骨眼徹底發揮追根究柢的精神啊？

能回答是因為自己的畜生第六感嗎？綠豆在心中無限哀號。

「不要問為什麼！」綠豆的背後傳來冷冷的聲音，隨即出現一臉嚴肅的依芳，「為了你們好，現在立刻下山，否則別怪我們沒事先警告。」

倩兒大概是「奧客」排行榜上時常出現的前十名，她冷笑一聲，以睥睨的眼神看著依芳，「要我們走就走？當客人是白痴啊？不把話說清楚就不走！」

「好！要我說清楚也可以。」依芳生性淡漠，也不喜歡平白無故製造慌亂，但是眼前就有個大學生過於白目，先讓他們了解事情的嚴重性也好。

「因為這裡有鬼！」

此語一出，倩兒猛然爆出誇張的笑聲，「妳們的職業不是護理師嗎？難道神棍是妳們的副業？真的是走到哪裡都有神棍出沒，臺灣就是有像妳這樣危言聳聽的騙子，才會造成社會動盪不安……」

倩兒還沒諷刺完，依芳就忍不住了，恨不得衝上前甩她兩個耳光，但是腦中的理智卻催促她趕緊深呼吸，加上一旁的綠豆和阿啪正死命地拉住她。

「就算真的有鬼，我也不會怕！」倩兒繼續狂妄的大放厥詞，卻沒注意到眼前三人下一秒的臉部表情，可說是精采萬分。

「妳……妳……」阿啪的嘴唇顫動，卻說不出完整的句子。

狗子看著她們三人一連退了兩步，表情如出一徹，全都睜大雙眼也張大了嘴，整張臉寫滿了恐懼，看起來就像……見鬼了。

「竟然演起來了？妳們這麼會演戲，怎麼不去電視臺啊？少來這一套！我倒想看看鬼在哪裡，給我看清楚一點，這樣我就會相信！」

「妳……妳轉頭看一下背後吧……」綠豆指著他們的方向，氣若游絲地說。

怪談病院
第八章　農藥事件（八）

眾人的神情讓倩兒有點笑不出來了，但她仍逞強地說服著自己，大家不過是想看她笑話，只要轉過頭看清楚，一切就真相大白了！

不轉頭還好，一轉頭就看見站在最後面的小菁已經渾身發綠，雙眼布滿血絲，臉上的綠色肌膚看起來還帶著龜裂紋路，柔順的長髮也成了黏呼呼的一頭亂髮，手指甲瞬間增長，看起來像沾滿了黑色泥土。

整體造型……只能說綠得很徹底。

小菁獰笑著抓起茶几邊緣，朝著眾人的方向猛扔，每個人的運動神經受到突如其來的激發，敏捷地往外閃，茶几撞上牆壁，當場四分五裂。

「快跑啊！你們還想站在這邊排隊領便當嗎！」依芳喊醒呆愣的眾人，率先拔腿就跑，就算平時的體能很差，瞬間爆發力也很驚人。

只可惜跑沒幾步，身後就傳來狗子淒厲的尖叫聲。

依芳恨不得裝做沒聽見，只要雙眼一閉，趕緊落跑就對了，偏偏自己的雙腳卻不受控制地停了下來，甚至不爭氣地回頭一看，只見小菁一把抓起狗子，如同先前的茶几高舉過頭，狠狠地往地上摔。

「這……怎麼可能？」帶著濃濃哭腔的是倩兒，當初吵著要見鬼，這下可好了，一次看個夠，現在不想看也不行了。

「不然呢？妳以為現在是在拍電影嗎？妳朋友快葛屁了啦！」綠豆氣急敗壞地轉身衝上前，總之先把人帶離危險區域再說。

只是她連狗子的衣角都還沒碰到，小菁便像炫風般抓緊狗子的頭髮，迅速地往樓梯口移動，除了綠豆外，所有人一見小菁拖著狗子節節逼近，二話不說便連滾帶爬地搶先下樓。

眼神中帶著凶光的小菁離地一吋，以飄移的方式移動，同時也將狗子拖往階梯口。

「喂！為什麼是我？妳是不是抓錯人了？明明是倩兒在嗆聲，我什麼話都沒說，幹嘛老是找我麻煩啦？快放手！」狗子完全呈現瘋狗亂咬狀態，雖然心底很害怕，不過還是拚了命地大吼大叫，直到自己的身軀也漸漸離開地面，狗子嚇得快哭出來了。

小菁飄浮在樓梯口半空中，旁邊的狗子也是……

狗子因為頭髮被拉著而無法移動，眼看雙腳離地面越來越遠，頭頂上的拉力卻越來越鬆……

不會吧？現在的鬼魂都這麼聽話嗎？狗子的表情如遭雷擊，就算不常看鬼片，光用常理判斷也知道會發生什麼事，當下什麼事都不能做的他，只能激烈地大叫著：「大……大姐，我開玩笑的，不……不要放手，千萬不要……唉唷——」

狗子根本沒機會把話說完，重重滾下樓，響亮的撞擊聲伴隨著悽慘的哀號，光聽聲音就知道有多痛。

其餘人狼狽地聚集在一樓，全縮在角落中不停地顫抖。

依芳則是士身先卒地站在最前方，抓緊手中護身符，心想萬一惡鬼逼近，只能暫時先拿護身符擋一擋了。

小菁看也沒看角落的他們一眼，只是一路跟隨滾下樓的狗子，待他停下滾動後，重新抓住狗子的頭髮，拖著他往後院飄去。

狗子此刻已經快叫不出聲音，心底這次真的死定了！

所有人全跟在他們身後，依芳抬頭一看天色，隨即震驚地抓起程偉的左手，電子表所顯示的時間是下午三點二十七分，照理說應該還是豔陽高照的晴朗藍天，怎麼像傍晚五、六點的蒼茫暮色？

小菁拖著狗子到相思樹下，面露猙獰，一把將他的頭壓在早先他小便的土地上，直到狗子嘴裡塞滿泥巴，小菁才露出笑容。

狗子的心裡雖然害怕，但是原本毫不停歇的尖叫已經轉換成一連串不堪入耳的髒話，只是他沒來得及完整的問候別人的阿母，就被丟至半空中，還被小菁以食指頂著開始在半空中轉圈，轉了幾圈還會被丟上天拋接。

「救命！誰來救我！救——命——」狗子極度恐慌的叫聲充斥整個庭院，顯得悽慘無比，只是還不見有人上前救他，又改成在空中瘋狂轉圈的戲碼。

「簡直比現場看馬戲團表演還精采，我看狗子就算好運撿回命一條，也八成半殘了。」和其他人一同躲在後方的依芳忍不住搖頭嘆息，看她忙著惋惜，絲毫沒有出手幫忙的意願。

阿啪可沒辦法像依芳這麼悠哉，萬一在這裡鬧出人命還得了？她忍不住拍打依芳，急著低聲道：「依芳，就算妳不是正牌天師，好歹也是天師的孫女，拜託幫忙把人救下來吧！」

「哎呀，那隻女鬼在這邊應該也有一段時間了，沒聽說過出人命，現在她擺明是在教訓狗子，我出面救人才會讓她抓狂。而且我還沒拿到天師執照，萬一沒弄好就要跟大家說再見了，與其冒著生命危險，乾脆讓她宣洩一下就算了。」依芳完全不把阿啪的提議當一回事。

「姐姐，我求求妳救救狗子，他雖然嘴巴很壞，不過沒做過什麼十惡不赦的壞事，我真的好怕……嗚嗚嗚……」不等綠豆開口把話說完，阿妙已經撲到依芳身邊，緊巴著她的手臂不放。

不會吧？連姐姐兩字都叫出口了，這下可叫依芳為難了。她真的能力有限，偏偏老是遇到這種事，還總要她身先士卒？她遇到這種狀況也會害怕耶，真以為她的心臟是鋼鐵打的，禁得起莫大的壓力嗎？

何況以自己的私心而言，當下認為應該讓狗子受點教訓也好，畢竟隨地小便這種事本來就不好。

「是啊！拜託妳也救救我妹妹，讓鬼離開我妹妹的身體，不論妳有什麼要求，我都可以答應！」程偉也加入求救的行列，只是他求救的對象是小菁。

只是，依芳聽出他話中的玄機，小菁「又」被髒東西纏上？言下之意，怨鬼挑她附身並不是巧合囉？

依芳正想繼續推託，心中卻也不禁暗忖是不是再拖下去就太過分了？即使女鬼目前沒有痛下殺手的打算，這樣的教訓方式，難保不會出事。

正當依芳猶豫不決時，只見狗子以自由落體之姿墜落，依芳只好抓起護身符衝至小菁面前，嚇得她連退好幾步，絲毫不敢靠近。

狗子躲過小菁的攻擊，卻也難逃跌落地面的命運，所幸泥土地還算鬆軟，狗子除了感覺到五臟六腑全移了位之外，剩下只有差點淹沒理智的劇烈痛覺，這也代表自己還活著。

「冤有頭債有主，妳也教訓夠了，用不著這麼狠吧？」依芳全身上下帶著難以忽視的正氣。

小菁齜牙咧嘴地發出嘶吼，想上前攻擊依芳。

依芳則拿出硃砂筆，朝著旁人喊：「快點幫我壓住她，快點！」

現在這種情況，根本沒人敢靠近小菁，依芳這一喊，所有人全愣在原地，一時之間不知所措，還好綠豆反應過來，一馬當先上前架住小菁的左手。

「發什麼呆？妳當在看電影啊？快點拿出和精神病患搏鬥的精神，過來幫忙壓住她！」綠豆對著阿啪下命令，怎麼脫離醫院一大段距離了，行為模式還是完全一模一樣？

阿啪回過神，連忙跟著架住小菁的右手，也不甘示弱地回嘴：「我哪有在發呆？這叫冥想好不好！」

「造字是倉頡的工作，我只要負責……咦？」綠豆開始感覺到身體不對勁，好像……

小菁的力氣出奇地大，眼看就要將阿啪和綠豆甩飛出去，程偉趕忙朝她一撞，讓她往後倒，依芳一見機不可失，立即跨坐在小菁身上，一邊口中念念有詞，一邊提起筆往小菁的印堂上畫下符咒。

劇烈掙扎的小菁在頃刻間癱軟在地，不但臉上青色褪去，還不斷眨著無辜的大眼看著壓在她身上的每一個人。

「這是怎麼回事？我怎麼會在這裡？」小菁眼眶含淚，身上每個人使盡全身的力量壓制她，來自四肢的刺痛讓她很不舒服。

依芳虛脫似地站了起來，抹去額際的汗水，呼了一大口氣道：「怨鬼已經離開她的身體，暫時沒事了，你們放開她吧。不然不用等怨鬼附身，你們就先要了她的命了。」

程偉小心翼翼地扶起小菁，另一邊的狗子則是跪在草皮上直接嘔吐起來，那副模樣說有多落魄就有多落魄，一掃先前注重造型的痞子形象。

「我不要待在這個該死的地方，我要下山！我要下山！」終於脫離險境，倩兒邊哭邊尖叫著說出她的決定。

怎知，依芳抬頭看了看天色，隨即轉頭望向哭花臉的倩兒，冷冷地道：「剛才要你們下山卻不聽，現在倒是吵著下山了？看看現在的局勢，妳說這句話已經太遲了。」

依芳的回答無疑判了眾人死刑，太遲了是什麼意思？每個人面露驚恐，狗子更是直接腿軟，臉色瞬間刷白。

依芳指著天際，搖著頭嘆息道：「今天明明豔陽高照，現在應該下午三、四點左右，以夏天而言，除非是即將下雨，否則天色不會這麼暗，而且你們看看四周，民宿周圍濃霧瀰漫，裡面的庭院卻沒有絲毫霧氣。」

「妳的話……是什麼意思？」阿妙感覺全身細胞快死光了，不祥的預感已經將她逼至崩潰邊緣。

依芳無奈地兩手一攤，扁嘴搖著頭道：「意思就是，現在誰也別想下山……」

只要一踏出民宿，外面的濃霧就達到伸手不見五指的狀態，眾人一籌莫展地坐在飯廳，阿妙、倩兒和狗子抱頭痛哭，程偉和阿帕、綠豆則是一臉茫然。

「現在該怎麼辦？手機沒有訊號就算了，連室內電話都不通？更別說網路了，連臺電腦都沒看到，我們到底要怎麼對外求救啊！」剛才的經歷讓狗子餘悸猶存，只想趕快離開這個鬼地方。

如今連依芳也毫無頭緒，除了徹底與外界斷了聯繫外，民宿內所有時鐘和手表也瞬間停擺，沒人知道正確的時間，另外連基本電力也不復存在，僅剩下幾根蠟燭和大學生們車上的緊急備用手電筒，能撐多久還是未知數。

「小菁，妳離我們那麼遠幹嘛，過來和大家坐在一起吧！現在盡量不要單獨行動，以免發生危險。」綠豆拿出姐姐級的溫柔攻勢，見小菁一臉落寞，心生不忍。

「她不准過來！」倩兒的聲音相當尖銳刺耳，「她本來就是怪咖兼神經病，現在還會被鬼附身，她靠近我們才危險！」

小菁對附身時的狀況毫無印象，只能從其他人的對話中推測出來，面對倩兒的厲聲指責，她只能悶聲低泣。

這個倩兒，外表是個正妹，說話為什麼卻這麼毒？依芳忽然轉向綠豆，拉著阿帕，三人在私底下進行神祕會議。

「我超想給蓋她布袋的，反正這邊鬧鬼，揍她一頓再推給鬼，妳們說行不行？」

「我也很想揍她，我沒看過現實生活中有人這麼欠打，不過打人犯法，反正綠豆跟鬼魂一向很麻吉，不如委託女鬼教訓她，就像教訓狗子一樣。」

阿帕理所當然將重責大任丟給綠豆。

綠豆毫不客氣地往好友的腦袋揮了一拳，低吼道：「妳這白痴！教唆他人使用暴力，還不是一樣犯罪？」

「對方是鬼，起碼找不到證據……」阿啪就是有辦法回嘴。

三人正在竊竊私語的同時，程偉一臉憤怒地起身，當著大家的面朝著倩兒大吼：「夠了！我妹妹不是神經病，也不是怪咖，妳憑什麼這麼說她？我平常忍妳也就算了，都什麼時候了，妳竟然還處處針對小菁，這又不是她願意的！」

「你對我大小聲？」倩兒沒料到程偉的反應這麼大，一時拉不下臉，「每個人都說她是瘋子，她還不算瘋子嗎！你之前不也覺得有這個妹妹很丟臉？」

「我承認自己是個惡劣的哥哥，但再怎麼說她都是我妹！」

兩人的音量不斷增強，火氣也不斷飆高，彼此互不相讓，在場的人只能被迫欣賞情侶翻臉秀。

「有話好說啦！」綠豆雞婆的個性又發作了。

「小菁並不事是瘋子，她只是八字輕。」依芳平靜地說出自己的看法，「人身上都有陽氣，所以鬼魂不太敢輕易靠近。根據老一輩的說法，八字輕的人，陽氣稍微弱了一點，容易遇到不乾淨的東西，也容易卡到陰，就算鬼魂沒有附身的意願，一旦過於靠近這種人，偶爾也會發生不小心附身的狀況。我想這就是小菁所遭遇的問題，只要找到方法對症下藥，就可以徹底解決。」

依芳並不是推理的愛好者，起先她就覺得小菁畏縮的模樣特別引人注目，總是不經意地多注意她幾眼，畢竟當初在學校也曾涉獵過精神病學，加上種種的蛛絲馬跡，才會有此結論。

小菁和綠豆的體質不太一樣，雖然都會吸引孤魂野鬼，但是綠豆陽氣重，加上本命的五行八卦等因素，鬼魂沒辦法輕易附身，就和絕大多數人一樣。

小菁則是天生八字輕，就和時運差的人差不了多少，容易看見鬼，也容易被跟上，也就是俗稱的卡到陰。其實這不是什麼嚴重的事，就像八字輕也不代表一定命運坎坷的道理，只要找對方法，都可以避免無謂的麻煩。

依芳的答案讓小菁和程偉喜出望外，言下之意是她可以不用忍受這種痛苦了？不會再有人投以異樣眼光？

「之前有老師這樣跟我們說過，小菁的八字的確比較輕，我媽也帶她去求神問卜過，身上也戴了一大堆的佛珠和護身符，但是一點效果也沒有。」

「那是你們還沒遇到我師姑婆。她是正牌天師，你們去找她，她自然會給你們滿意的答覆。」

依芳一說完，綠豆立即點頭如搗蒜，她可是親眼見証過師姑婆的威力，果然名不虛傳，和依芳這種靠不住的半調子是天壤之別。

「痴人說夢！」倩兒放起馬後砲，她本來也想冒出神棍兩字，但是一想到狗子狼狽的模樣，硬把話吞回肚子裡。

「世間很多事都是超乎常理，不能因為自己看不見，就認為不存在，這樣只是顯露自己的膚淺。」依芳的音調並沒有多大變化，卻聽得出語氣偏重。

「對啊！就像放屁，妳看不見屁，不見得它不存在，有的還很臭……」綠豆還沒說完，就感覺到依芳的凌厲目光，趕緊閉上嘴，以免被毆打。

依芳頻頻深呼吸，才能勉強抑制心中怒火，「妳就不能拿細菌或是病毒來形容嗎？」難得她想好好教訓一下倩兒，氣氛卻全被學姐給破壞光了。

倩兒一向自視甚高，如今她所說的話得不到大家的認同，心底自然不舒服，只好胡亂借題發揮，好宣洩內心憤怒。

「我受夠了！都怪這間爛民宿，我出去之後一定要馬上跟媒體投訴，要求全額退費和賠償我的精神損失，我一定要告到這間民宿關門為止！」壓力已經逼得大家喘不過氣，尤其以倩兒為最，言下之意非搞個雞犬不寧，否則誓不罷休。

「哼哼！」依芳展開皮笑肉不笑的招牌笑容，不以為意哼了兩聲道，「當初不是不相信世上有鬼？說話這麼大聲也不怕被口水嗆傷，等妳可以活著走出這裡，再好好思考要怎麼投訴吧！」

依芳這傢伙平時就愛潑冷水，最要命的是從來不看場合，現在她蹦出這番話，無疑是讓氣氛更加緊繃。

綠豆跟阿啪是早就習慣她這種調調，但是其他人彷若烏雲罩頂，一副大難臨頭的衰鬼樣。

「那妳說怎麼辦？剛看妳還滿厲害的，快點想辦法帶我們出去啊！」倩兒吼了一句後，突然感覺到衣角被拉扯，轉過頭一看，是綠豆。

「勸妳不要對她這麼凶，她如果抓狂起來，比鬼還恐怖，妳絕對不會想領教。我想妳最好巴結一點，這是過來人的經驗，真的。」綠豆凝重地說道。

倩兒見到綠豆認真的態度，又觀察到依芳越來越也不悅的神情，滿腔氣焰登時滅了不少，俗話說識時務者為俊傑，為了生命安全，只好乖乖閉上嘴。

狗子身為受害者，看到倩兒不坑聲，忍不住跳出來說話，「難道我就這樣平白無故被摔成這副德行？怎麼說……」

「啪！」依芳不等狗子說完，隨即用力一拍桌，這一個動作讓狗子噤若寒蟬之外，其他人更是連呼吸也不敢太用力。狗子這傢伙真的很不會看臉色，難道他感覺不到依芳的頭頂上有火在燒嗎？

「給我閉嘴！今天會淪落到這種境地全是拜你所賜，你還敢在我面前大呼小叫？沒事在人家的地盤上小便幹嘛？根本自找死路！她可是渾身帶著怨氣的鬼，隨時都可以找人抓交替，只摔你幾下算客氣了！」

依芳生來就不喜歡無端製造恐怖氣憤，不過狗子一再挑戰她的忍耐極限，怒氣衝天早就淹沒她的理智，也將原則破壞殆盡，她完全無法理解自己幹嘛一時心軟把狗子救了回來，反倒把自已搞得更心煩。

大家不約而同朝著狗子掃向譴責的目光，搞了半天是狗子得罪靈界的朋友，難怪人家先對他下手。

狗子則是漲紅了臉，完全不敢抬起自己的腦袋迎視眾人的目光，他當初待在民宿過於無聊，看到樹幹上停了一隻蟲，才會帶著好玩的心情用小便掃射，本以為神不知鬼不覺，沒想到會惹上天大的麻煩，如今可能連自己的小命都要奉上，叫他怎麼冷靜嘛！

「求……求妳幫我！我不想死……真的不想……」狗子一把鼻涕一把眼淚地苦苦哀求，與先前不可一世的模樣大相逕庭，簡直就像落水狗。

「我是神棍，幫不了！你自己想辦法，我要去睡了。」依芳真的非常會記恨，尤其把神棍兩字記得特別牢，這已經是她第二次提到了。

現在都什麼情況了，還睡得著？狗子瞬間收聲，掛著兩串鼻涕不可置信地看著依芳拿著一根小蠟燭移向客廳，將軟弱無骨的身軀埋入沙發中。

阿妙慌張地起身，打算制止依芳，卻被綠豆擋了下來。

「妳別做傻事，她可以不吃飯，但是不能不睡覺。如果她沒睡飽，火氣大的跟焚化爐沒兩樣，千萬不要惹她。」

話雖如此，依芳可以放心呼呼大睡，其他人卻放不下心，全跟著轉移陣地，相當有秩序地圍在沙發周圍，目不轉睛地盯著依芳。

原本真的打算睡覺的依芳，感覺到多道熾熱的眼光投射在自己身上，全身不對勁地翻來覆去，怎樣就是睡不好，若不是蠟燭和手電筒的電力有限，犯不著淪落到和大家窩在同一個區域。

依芳只要沒辦法睡覺，整個人就會暴躁到不行，陡然睜開眼睛，果不期然看見沙發兩旁擠滿了人，她懷疑狗子的鼻涕還滴到自己的牛仔褲。

「你們是在瞻仰遺容，還是在觀賞稀有動物？這樣叫我怎麼睡覺？如果你們覺得太無聊，另外一邊還有沙發，你們想幹嘛就幹嘛，請自便好嗎？」

依芳刻意加重最後一句的語氣，心想自己還沒被怨鬼找麻煩，就要先被這群人逼瘋了。

依芳氣呼呼地翻過身，滿嘴抱怨這群大學生錯過了逃脫的黃金時間，連帶讓她也被困在這裡，她到底走什麼運？為什麼遇到麻煩的機率是別人的好幾倍，就是沒辦法平靜過日子啊！

正當她滿肚子怨氣無處發洩時，腦中閃過剛剛大家圍在她四周的畫面，忽地坐起身，一口氣跳離沙發，離所有人一段距離。

「依芳，妳幹什麼？現在不論場景或是氣氛都比拍鬼片還要恐怖，妳不要鬧來沒事做效果行不行？」綠豆差點被她突如其來的動作嚇死。

「那個……我有個問題……」依芳試探性地問道，「大學生加上妳們兩個，總共多少人？」

好樣的，都什麼時候了，依芳還有心情開玩笑？

「他們總共有五個人，若是沒把妳算在內，這裡總共有七個人，這種蠢問題還用問嗎？」阿啪也忍不住白了依芳一眼。

依芳聞言，又退了兩步，微顫的嘴唇開啟，一字一字清楚而微弱道：

「那……為什麼我面前有八個人……」

怪談病院
第九章　農藥事件（九）

「依……依芳，妳會不會算錯了？」綠豆的語氣宛若溺水者的垂死掙扎，「多了一個人，到底是多誰？」

誰都沒有勇氣轉頭確認，唯有和大家面對面的依芳看得一清二楚，這個問題當然只能問她。

「我不知道多誰，總之就是八個人！」依芳的語氣充滿焦躁，顯然她也很緊張。

別說一探究竟了，阿啪就算想看也是心有餘而力不足，忍不住急著大叫：「怎可能不知道？又不是七十個人，才七個人會看不出多了哪一個？」

依芳顫抖著伸出食指，嘴裡開始數：「一、二、三、四、五、六、七……」

當她的聲音數到七的同時，眾人心臟全提到半空中，摸不著邊際，就怕……

「八。」依芳像是忘記上了潤滑油的齒輪，以一格一格的分段動作點著頭，她真的數到八，而且沒跳號。

阿妙和倩兒失控地哭了起來，其他大學生和阿啪也無法克制地渾身發抖，唯有綠豆的嘴巴還有力氣，用盡全力大叫著。

「林依芳，妳到底有沒有領到國小的畢業證書？怎麼可能是八個人？妳要不要再數一遍？」

依芳渾身冒著冷汗，心知數再多次結果都一樣，每張臉孔都沒有重複，也看不出多了誰，就是多了一個人。

「妳不信就自己數啊！」依芳不甘示弱地反駁。

阿啪和綠豆也顧不得現在是什麼情況，只能認命地轉身開始數人頭，說也奇怪，扣除自己以外，整個空間的確是八個人。

空氣中頓時瀰漫著詭譎的氛圍，沒人知道裡面到底多了誰，無緣無故就是多了一個人。

怨鬼……一定藏身在他們之中。所有人不約而同升起這樣的想法。

「我們還是趕快離開這裡再說吧！」阿妙的聲音迴盪整個大廳，以目前情況而言，只要有人一出聲，剩下的人就會跟著慌亂。

依芳率先衝了出去，其他人尾隨在後，一路上跟著依芳跑到後面的庭院。

大家隨著依芳一路往外奔跑，外頭天色更加昏暗，陣陣惡臭隨著冷風侵襲著每個人的嗅覺，後院也沒有多大，也不知是否自己的心理作祟，總覺得今天這條路怎麼特別長？還沒看到相思樹，每個人已經氣喘吁吁。

不知道跑了多久，程偉忽然聽見身後傳來急促的腳步聲，可是……數了數前面的人數，明明自己是最後一個，是誰在他的身後？

「是誰？」程偉驚恐萬分地吼了出來，他這一吼讓其他人警戒萬分地停下腳步，倩兒更是緊張地抓著依芳不放。

「後面有聲音！」綠豆也聽出身後還有腳步聲，當下趕緊問依芳，「該不會是女鬼追過來了吧？現在怎麼辦？趕快逃跑，還是躲起來？」

「學姐，你們跑這麼快，到底要跑到哪裡去啊！」依芳牛頭不對馬嘴的回答令人納悶。

更令人納悶的是……為何她的聲音來自背後？

所有人反射性地轉過頭，發現喘著氣的依芳站在最後方，是昏暗的光線讓人產生迷亂的錯覺嗎？

「為什麼有兩個依芳？哪一個才是真的？」阿啪二話不說便跳到綠豆身邊，轉頭分別看看身處兩邊的依芳。

倩兒登時睜大眼，完全搞不清楚現在到底是什麼狀況，眼看狗子等人迅速的往綠豆的方向移動，當下根本不敢轉頭看身邊的依芳，萬一這麼倒楣……

「一定是喘得要死的那個才是真的，依芳平常連爬個樓梯都像氣喘急性發作，動不動就快斷氣的樣子，要認出依芳，我超有經驗！」綠豆相當認真地回答。

這麼說來……其餘人的眼光轉向另一邊，天啊，倩兒身邊是那個看起來不怎麼喘……應該說連呼吸也沒有的依芳！

倩兒腦中只浮現快跑兩個大字，無奈自己的手卻像是黏在假依芳的手臂上，怎樣也甩不開。

「救命！我……我放不開！」倩兒放聲尖叫，原本抱著依芳手臂的兩隻手像是沾上三秒膠，無論如何都無法掙脫，而且沒有任何呼吸跡象的依芳在一眨眼的瞬間變成綠色肌膚，就和當初被附身的小菁一樣。

假依芳的臉已不復存在，取而代之是沾滿泥土的潰爛肌膚，甚至可以看見閃著寒光的隱約白骨，兩隻眼睛沒有瞳孔，也沒有眼白，只有一片沉不見底的綠，一張嘴就散發著刺鼻的腥臭，伴隨著一股相當奇怪的味道。

蓬鬆雜亂的黑髮就像在天際亂竄的枯枝，毫無層次地盤在頭上，沒有瞳孔的雙眼圓睜，轉身就往反方向走去，只是她移動的同時，連帶將倩兒拖著走，前進的方向，正好是那棵相思樹。

倩兒驚心動魄的尖叫聲劃破天際，死命掙扎著，企圖讓女鬼前行的速度變慢。

隨著倩兒和女鬼漸行漸遠，依芳率先回過神，慌張地嚷著：「快，我們要先找人引開女鬼的注意力，看樣子那邊是她的老巢，也不知道她會搞出什麼花樣，反正必須在她抵達相思樹之前把人攔下來！」

眾人紛紛點頭附和，只是沒人知道這個計劃該如何開始。

「要怎麼引開女鬼的注意力？」阿妙雖然不太喜歡倩兒，好歹大家相識一場，再害怕也不能袖手旁觀。

阿妙一說完，其他人相當有默契地將眼神掃向狗子，簡直就像受過專業訓練一樣。

狗子嚇得跌坐在地，結結巴巴地嚷著：「為什麼是我？我跟她的交情沒有很好耶，只是因為她長得還滿正的，跟她做朋友還滿有面子，不然我那受得了這種有公主病的大小姐？我跟她真的不熟啦！」

綠豆搖了搖頭，完全不明白現在時下年輕人的交友理論，原來交朋友只看外表，就算個性很討人厭也無所謂？

不過現在沒時間和大學生討論交友哲學，阿啪一把搭住狗子的肩膀，安慰道：「哎呀，別想得這麼恐怖嘛。你應該玩過線上遊戲吧？就當成是網路遊戲真人版，這樣應該會好過一點吧？」

「開什麼玩笑？我玩遊戲是出了名的課金王，沒有先買神裝，我要怎麼打王？妳怎麼不直接叫我去死啊！」狗子看起來已經瀕臨抓狂邊緣，他現在壓力超大。

看到狗子一副快要「挫賽」的模樣，程偉於心不忍地挺身而出，「還是讓我來吧，再怎麼說我也是她的男朋友。」

依芳卻面無表情地搖著頭，「這次非狗子不可，因為他具有別人所缺乏的優勢。」

優勢？一提到這兩個字，狗子的眼睛猛然發光原來自己還有別人所沒有的優勢，但是能不能別在這時候被發現啊……

「是什麼優勢？」

依芳那皮笑肉不笑的笑容再度浮現，她刻意臉朝狗子的正前方，悠悠道：「女鬼比較討厭你。」

若不是現在的氣氛過於陰森，不時參雜著前方傳來的尖叫聲，眾人超想爆出如雷的笑聲，畢竟只有狗子有膽在女鬼的地盤上小便，還有比他更適合的人選嗎？

「救人一命，勝造七級浮屠，該是你展現男子氣概的時機了。別囉唆了，快點去啦！」綠豆推了狗子一把。

狗子連不要兩字都來不及說出口，人已經被迫滾出草叢，一路滾到倩兒的附近。

狗子頭昏腦脹地爬起，一站定，眼睛對上女鬼腐爛的臉孔，什麼氣概全都消失，二話不說便立即在女鬼跟前跪了下來。

女鬼一見到他，果真立即出現情緒變化，不但冒出嘶吼，而且空出一隻手，眼看就要往狗子的脖子掐上去。

「大姐，對不起啦，我真的不是故意的，如果我知道那棵樹是妳罩的，我死都不會在那邊撒尿，我跟妳道歉，大不了我多燒一點紙錢給妳嘛！因為我是早產兒，心臟不怎麼健康，可不可以不要這樣嚇我啦？」狗子涕淚縱橫，拚了命地磕頭，甚至把額頭都磕破皮，看起來慘不忍睹。

女鬼見狗子瘋狂道歉，停下了要掐他的動作，口中嘶吼聲終於稍稍停歇，情緒看起來平穩一點了。

正當大家鬆一口氣的同時，女鬼冷不防再度抓向狗子，狗子也不是什麼省油的燈，立刻順勢趴在地上滾了好幾個圈，一邊滾還不忘一邊鬼吼鬼叫，聲音強度完全不輸倩兒。

人的潛能果然會因為被激發而強化，程偉等人認識狗子這麼久，從來都不知道他有這樣敏捷的身手。

女鬼撲了空，心情相當不好，朝著狗子的方向持續攻擊。礙於身邊還拖了倩兒這個拖油瓶，嚴重影響攻擊速度，她只能在狗子身後苦追，卻怎麼打都打不著。

狗子見狀不對，趁著女鬼緩慢移動的空檔，靈活地爬起身拔腿就跑，嘴裡還不忘大叫：「喂！你們在看戲嗎？我已經成功引開注意力了，還不快點想辦法救救我們！」

狗子這一吼，大家才回過神，所有視線再度投向依芳，綠豆語帶激動而大聲地問：「依芳，接下來呢？」

只見依芳慌亂地在身上亂摸一通，表情看起來有種難以忽視的凝重與挫敗，嘴裡還不斷喃念著：「不會吧……」

「到底怎樣？」阿妙無時不刻都有想哭的衝動，例如現在。

「死定了！」依芳一副哀莫大於心死的神情，「剛才急急忙忙跑出來，我把硃砂筆……忘在大廳了……」

眾人難以接受地倒吸一口涼氣，他們不禁懷疑，依芳真的是天師的孫女嗎？

「這麼重要的東西妳也敢亂丟？那是妳阿公的神器，應該要小心收藏，並且隨身攜帶才對，妳阿公在地下……啊……不是，妳阿公在天上也會哭啦！」綠豆顧不了場合，就是要念一下好發洩心中怒火，不然她會受到極重的內傷。

依芳自知理虧，默默承受著眾人譴責的目光，腦中盤算著目前的戰況。以目前而言，人數眾多，硃砂筆又不在身邊，就算身上還掛著護身符，一時也保不了這麼多人，若說要救人，實在差強人意。

「現在怎麼辦？」一向不多話的小菁也提出疑問。

「還在想。」依芳語氣平靜，實際上腦中卻是一片空白，什麼也想不到。

若是平時，頂多回去拿筆就沒事了。看看四周景象，雖然看起來沒什麼異狀，但是此處是女鬼的勢力範圍，難保回去後就回不來，救人的難度會更高上一層。

沒想到依芳走到哪裡都是這副德行，也太靠不住了吧！綠豆哀怨地暗忖，但是腦袋裡同樣什麼想法也沒有。

「現在是怎樣？快點！我快跑不動了啦！」狗子不敢離大家太遠，只聽見窸窸窣窣的談話聲，卻完全不知道內容。

他已經跑了好多圈，怎麼大家一點反應都沒有？就算他不會頭暈，被牽制而跟著繞圈的倩兒都快吐了。

「那個……就……就快了啦！你撐著點，繼續跑！」程偉不得不說些善意的謊言，現在他們就像熱鍋上的螞蟻，卻什麼忙也幫不上。

狗子這人平時白目歸白目，不過他只是嘴巴壞，不代表腦袋也壞了，他聽得出好友語氣中的遲疑，當下心中一涼……

他猛然想起自己除了在樹下尿尿外，還說過依芳是神棍，該不會她記恨在心，所以見死不救吧？林依芳不會是這麼小心眼的人吧？

「依芳，再等下去會出人命啦！」綠豆急得全身冒汗，怎麼說也是祥哥把民宿托付於她和阿啪，就怕沒辦法跟祥哥交代啊！

「唉唷，吵死了！我肚子很餓，加上沒睡飽，根本沒辦法好好動腦，妳又像蚊子一樣在我耳邊叫個不停，我連阿長叫什麼名字都想不起來，還能想出什麼鬼東西？妳平時跟好兄弟不是很麻吉，怎麼不先出去和她搏感情？」

顯然依芳的壓力已經到了極限，只要一沒睡飽，她的確很難保持理智。而且她只要一想到假期泡湯，就已經火大到體內的神經組織都快燒光光，如今還必須和不知名的女鬼一起度過剩下悲慘的假期，她的理智早就石沉大海了！

「請神明護身啊！就算每次叫來的天兵很兩光，但是沒魚蝦也好，起碼可以先擋一擋，不然叫玄罡來一下也好，千萬不要跟我說妳的大姨媽又挑在這種時候找妳大團圓！」綠豆也跟著大聲起來。

依芳為難地看了阿妙和一眼，搖著頭說：「是別人的大姨媽在場，而且不只一個，倩兒自己就是。神明最怕晦氣，就算請來也無法靠近。」

她也想請神明啊，要不是現場狀況導致不能請，她幹嘛這麼苦惱？

「不管了！再拖下去只會更危險，先衝出去拉開倩兒再說！」危急之際，程偉已經沒辦法想太多了，與其乾著急，不如先想辦法讓倩兒脫身。

程偉一衝出去，依芳就在心底飆髒話了。方法再爛，好歹也先商量一下嘛，二話不說就一群人往前衝，是想害死多少人？

程偉一出草叢，看準時機就拉住倩兒的腳，使盡全身力量，就是為了能將她拉開。萬萬沒想到，倩兒不但沒被拉開，程偉碰到腳踝的手還自動黏住，他正式成為第二號肉粽，狼狽地在地上拖行。

「不會吧！」跟上前的阿妙見狀，大驚失色，正準備伸出手跟著使力的她一時收不回來，轉眼間也淪落到相同下場。

至於跟在後面的綠豆和阿啪也屬於衝動派，當她們發現不對勁時早已來不及了，一個重心不穩，全壓在程偉身上，簡直像可移動的疊羅漢。

站在後方的依芳眼明手快地拉住碩果僅存的小菁，疾言厲色地斥喝著：

「別人瞎起鬨就算了，妳也不想想自己是什麼體質，衝上前想找死嗎！」

小菁默默地回到草叢中繼續蹲著，依芳則是不斷深呼吸，模仿護理長高唱「這世界多麼美好」三次，才勉強壓抑快要衝破天靈蓋的怒火。

女鬼的身後拖行一整串的肉粽，移動的速度稍微減慢，這也算是另類的牽制法，起碼距離那棵相思樹還有段距離，狗子也能多喘口氣了。

「林依芳，還不快點想辦法！」綠豆扯開喉嚨，使出招牌獅吼功，她快被依芳這次的表現給氣死了。

難道她沒在想嗎？依芳在心中暗罵。

實在有苦難言啊，就算自己身上的護身符有驅邪作用，一旦遇到窮凶極惡的幽靈鬼怪，擋得了一時，也擋不了一世！何況現在這麼多人，區區一個護身符，根本起不了作用，就怕激怒女鬼，下場更難收拾，看著他們全都在地上滾過來又滾過去，這就是衝動的下場。

若是……依芳扯下脖子上的護身符，重新縮回草叢。

大家一見依芳不見蹤影，紛紛大罵她沒義氣，尤其狗子罵得最大聲，現在他成為被攻擊的首要目標，就算女鬼的速度慢，卻跟橡皮糖一樣黏，怎樣都甩不掉。

綠豆仔細想想，現在只能自救，不如自己想想辦法比較實際一點，何況身為護理師，自然以救人為幾任，深吸一口氣之後，仰天大叫：「喂！那位長得像芒果青的朋友，妳累了沒啊？累了就停下來商量一下啦！」

綠豆平時練唱的功力終於發揮了作用，發自丹田的力量果然一鳴驚人，女鬼停下動作，狗子則是像獲得特赦般地可以喘口氣了。

女鬼緩緩轉頭，顯然把目標轉向了綠豆。

為了尊重女鬼，好歹談判時要注視著對方的眼睛，就算再醜再噁心都要忍耐，只是目前綠豆的位置在程偉之上，阿啪之下，光是抬頭這個動作就耗去一大半的力量而汗流涔涔，好不容易對上視線，綠豆無法克制地打了個冷顫，全身冒汗像洗過澡一樣……

「請問……妳怎麼稱呼？綠蠵龜姐姐？還是青木瓜姐姐？」綠豆的笑容比哭還要難看百倍，看她一臉凶惡的模樣，要打好關係好像有點難。

聽見從綠豆口中蹦出的話，女鬼表情起了劇烈變化，只是……絕不是好的變化，而是感到萬分腦火地面露猙獰，比先前對狗子還要誇張地齜牙咧嘴。

看起來，女鬼討厭綠豆比狗子更勝。

綠豆真不是蓋的，要她出面談判，不到五分鐘就把對方惹惱了，這齣戲到底要怎麼演下去啊？阿啪忍不住在心中哀號。

「不要這麼激動嘛！」綠豆的嘴角快抽筋了，面對女鬼還要和顏悅色，這是高難度的技巧耶，「大家都是文明人，有話好說嘛。我知道妳在下面一定感到寂寞無助，而且一定很冷吧？電影通常都是這樣演的啦！妳放心，這種問題交給我……我們家依芳來解決就沒問題，不然她還有個天師師姑婆，絕對萬事OK，只要妳肯放過我們，不論什麼要求我們通通答應。」

綠豆大言不慚地開出條件，而且這個條件還沒有上限，躲在草叢裡的依芳瞬間變臉，幹嘛又把她拖下水？難道她就擺脫不了綠豆這個魔咒嗎？真不明白綠豆到底會不會談判，不然也殺個價吧，每次她一出馬，簡直就跟散財童子沒兩樣。

女鬼臉色越來越難看，原本就不明顯的五官顯得更加扭曲，就算是瞎子也感受到恐怖的氣氛，女鬼好像根本不領情。

「么壽喔！她到底是心底不爽，還是條件太差？她不出個聲，我怎知道她在想什麼？我是有陰陽眼，又沒有讀心術，這下子叫我怎麼猜？」綠豆忍不住自言自語起來。

她自認開出的條件已經相當優渥，為什麼對方是這種表情？看起來好像打算將自己拆吃入腹耶。

女鬼猛然張大嘴，嘴巴發出奇怪而斷斷續續的聲音，銳利的音頻折磨著每個人的耳朵。正當眾人受不了時，遠處傳來玻璃窗碎裂的聲響，眼看大家就要因為這樣的音浪而崩潰時……

碰！一聲巨響後，只見綠色的身影瞬間被彈開，若不是身邊還多了一長串肉粽，這股無形的力量恐怕會將女鬼震得更遠。

不過也托依芳的福，女鬼這麼一甩，大家紛紛在這一瞬間脫了身，除了失去意志、無法趕緊逃跑的倩兒。

只見依芳拿起平時掛在脖子上的護身符，氣勢萬千地擋在綠豆身前，看她滿臉意氣風發的模樣，誰料得到她卻在心中暗暗擔憂，這張護身符外套的背面以自身的血畫上驅邪咒，使護身符的力量乘以兩倍，不過這個方式的效用期限非常短暫，至於有多短，她也不知道。

「大膽惡靈，妳到底想做什麼？我再給妳一次機會，否則等我請來天兵天將，就別怪我心太狠！」依芳硬著頭皮，朗聲對女鬼宣告著。

興許是女鬼真的被依芳身上的護身符嚇到，張嘴發出一連串悶聲哀號的奇怪聲音，右手一直抓著喉嚨，吵了半天卻連一個字也沒說，只是哀怨地看了依芳一眼，隨即朝著相思樹的方向消失不見。

女鬼消失，當然值得普天同慶，但是她手上還抓著倩兒啊！

「糟了！」依芳大叫一聲，只想著難道這女鬼死活都要拖著倩兒陪葬？

大學生們個個面露驚恐，大驚失色地喊著倩兒的名字，就連方才趁著空檔縮在另一邊草叢的狗子也急忙跳出來，打算制止倩兒急促的速度，偏偏他慢了一步，仍然撲了個空。

「快救人！」阿啪也沒想太多，率先衝上前，她身為猴子界的成員，俐落的手腳果然不負盛名。別看她腿短，竟然在最後這麼關鍵的一刻，她以蘿蔔之姿，用力滑向倩兒，在千鈞一髮之際，抓住了倩兒的手。

這一回沒有黏住的跡象。

小菁一見機不可失，也跟著喊了起來：「大家快過來幫忙！」

其他人也顧不得女鬼隨時都有竄出的可能，全都撲上前死命抓著倩兒，但縱使每個人使勁全力拉住倩兒，她仍然沒有減速的跡象。

倩兒沒辦法像女鬼一樣憑空消失無蹤，她只能慢慢地下沉，而下沉的地點正是相思樹下……

當眾人心慌意亂的同時，往下沉的跡象卻慢慢停止了。

「不動了？」程偉渾身是汗，雖然暫時無法救出倩兒，起碼惡劣的情況稍稍好轉了。

這也算是好現象，大家開始安慰自己，現在只要想辦法把人挖出來就好！

倩兒的下半身被埋在相思樹下，眾人使盡吃奶的力氣，仍然無法將倩兒移動分毫。

「太誇張了，就算拔蘿蔔也沒這麼離譜，再這樣用蠻力扯，搞不好她會被我們撕成兩半。」綠豆坐在地上頻頻喘氣，伸手不斷搧風好降低體溫，原來莊稼人家這麼辛苦，她只不過拔一根蘿蔔，就累得根條狗一樣。

綠豆說的有道理，依芳也覺得不對勁，與其在這裡浪費力氣，不如找工具將人挖出來。

「學姐，祥哥這裡有什麼工具可以用嗎？」當務之急是先把人救出來再說，只是要用對方法。

阿啪想起祥哥將所有工具都放在倉庫，趕緊帶著大家拿出所有的工具，不論是鏟子或是鋤頭全都有。每個人一拿到工具，就死命朝著倩兒的周圍開始挖，隨著挖掘的進度越來越深，小菁忽然萬分驚恐地丟了手中的鏟子，登時跌坐在地，張著嘴而顫抖地指著倩兒身邊的窟窿。

「有、有……有白骨！」

眾人聞言，嚇得往後退了好幾步。

「綠豆，妳去看一下啦！」狗子推了綠豆一把，只是綠豆非常有彈性地往後跳了好幾步，嘴裡不甘示弱地嚷著。

「為什麼是我？你是男生，應該你去看吧？」

狗子早就退得比綠豆還遠，「妳是護理師，搞不好看過的屍體比我們相處過的活人還多，這種場面當然要妳們出馬啊！」

吵到最後，還是綠豆前去看了。

小菁果真沒看錯，窟窿裡面有白骨，以形狀來判斷，應該是一隻手。

「這裡有屍體？」依芳猶豫再三之後，還是走上前，「該不會這女鬼是希望我們找到她的屍體，才讓倩兒困在這裡？」

怪談病院
第十章　農藥事件（十）

大廳裡呈現死寂狀態。

眾人脫身回到大廳後，完全不知道時間到底過了多久，只是全擠在沙發上，沒人想開口說話，也不知道該說什麼。

自從依芳順利嚇退女鬼後，所有異狀依舊保持著，唯獨女鬼不曾出現過，也不再出現驚天地泣鬼神的靈異現象。雖然平靜，卻隱藏著隨時都有可能爆發的情緒炸彈，情況也好不到哪裡去。

倩兒被挖出來後昏厥了好一陣子，大家本來很擔心她清醒後會歇斯底里地鬼叫，沒想到她只是恍神痴呆，不理人也不說話。

依芳觀察她的症狀，應該只是被嚇過頭了，之後再去收個驚就沒事。

「現在，我們發現了一個不得了的祕密。」依芳一臉凝重，終於開口出聲，「屍體被埋在樹下成了肥料，樹木吸收腐肉的養分也同時吸收了屍體的血液，難怪那個女鬼會待在這裡不走。那棵樹可說成了她的宿主，她的骨血已經和那棵樹融成一體了。」

「照理說有人報警處理不是很好嗎？為什麼她還一直不讓我們與外界取得聯繫呢？這隻女鬼到底在想什麼？」有人提出心中的疑問。

「之前妳和她對伺的時候，她只會鬼吼鬼叫，妳確定她有話跟我們說嗎？如果真有什麼冤情，趕快請警察調查就好了吧？」阿帕現在只要一閉眼，就浮現女鬼滿是腐爛的臉孔，害她都睡不太著，現在還能保持清醒已經是萬幸了。

阿帕的說法獲得大家認同，恐怖的景象是有目共睹，只有倩兒還處在狀況外，楚於驚嚇過度的她，顯得十分安靜。

「會不會……」阿妙欲言又止，揪著眼偷偷看著依芳，「會不會因為她想說的話不見得能說給警察聽，又或者她根本沒辦法說話，所以……必須找能聽懂她說話的人？」

一語驚醒夢中人，這番話讓依芳和綠豆認真地開始思考一切的前因後果，女鬼的屍骨會被埋在這裡一定有問題，問題就在於她為什麼會埋在那裡，又怎會連墓碑都沒有？

「如果真的是這樣，那不就代表……我們必須解決她的問題才能離開這裡？有什麼辦法能搞懂女鬼想表達什麼嗎？」綠豆心想，或許唯有解開這些疑問，大家才有重見天日的機會。

依芳搖了搖頭，「辦法是有，只是我不建議……」

「什麼方法？」大家像是發現新大陸似地盯著依芳，雖然她給人家的感覺不太可靠，不過直到現在還沒讓人失望透頂。

依芳嚴肅地看著眼前每一個人，悠悠道：「我所說的方法是個險招，讓我再想想有沒有其他方法，不然這種事我沒經驗，弄不好……隨時可能出狀況。」

她的表情讓在場的人感到毛骨悚然，到底是什麼方法？依芳需要把氣氛搞得這麼恐怖嗎？

「什麼狀況？」程偉屏著氣，一字一字小心地問。

「我也不知道，嘿嘿！」依芳無厘頭地乾笑兩聲，「我從不用這個招式，我怎會知道最壞的狀況是怎樣？我只聽我阿公說不要碰這種東西，基本上我也不可能碰，光是我身上的磁場，也不可能請得動惡鬼。」

從依芳的話裡，大家隱約猜到她的方法是什麼了——請惡鬼出現！

這的確是個險招，眼看民宿內的糧食都快被掃空了，再不想辦法積極面對，恐怕還沒被嚇死，就先餓死了。

「到底是什麼招？現在也只能死馬當成活馬醫了，不是嗎？」綠豆遇到這種狀況反而顯得大器，若是繼續待在這邊也是死路一條，倒不如賭一把。

依芳為難地皺緊眉心，顯然很不願意說出這個方法。

「是讓女鬼附在我身上吧？」小菁毫無起伏的聲音驟時掃過幽暗的空間，冷冷的音調宛若森寒的陰風刮過每個人的肌膚，刺痛每個人的耳膜。

引鬼上身這四字像是不能說的禁忌，大家都聽過它，但也知道不能開玩笑。太多詭異的傳說都來自於此，何況小菁多年來都為此所苦，想盡辦法擺脫這樣的宿命，這方法的確強人所難。

依芳定定地著小菁，沒有承認，卻也沒有否認，根據綠豆和她相處的經驗，這叫默認……

「妳……沒搞錯吧？聽說某間學校的學生三更半夜玩碟仙，導致惡鬼附身，一個跳樓，其他三個發瘋，根本沒人敢碰這東西。」狗子心神不寧地想逃離大廳，但仔細想想自己一個人更恐怖，只能在位子上如坐針氈。

關於引鬼上身的恐怖傳聞絕對不會少，姑且不論市井流傳的故事，光是電影的渲染就曾引起過一陣子的驚悚風潮。

依芳一臉無奈，想當初阿公曾耳提面命她不准接觸旁門左道，以免惹禍上身，但是她又不是正牌天師，頂多知道幾道符咒的畫法和咒語，如今的非常時期也只能使出非常手段，什麼方法都得試試看。

「我當然知道這方法很恐怖，我也是千百個不願意，不過既然遇上了，我真的想不出其他辦法了！」依芳撇了撇嘴，其實心中也沒底，而且事關小菁的生命安全，一點也馬虎不得。

「我從小到大一直都有這個問題，也造成很多麻煩，但是我從沒想過這種方式也可以幫助別人。如果真的可以，就讓我成為雙方溝通的媒介吧，我相信只要有依芳在，我不會出事。」

大廳內陷入一片寂靜，小菁可以感受出大家並不想觸碰這個禁忌遊戲，但實在是沒辦法中的辦法了。

「沒經過神明加持的靈媒，執行附身動作是非常危險的事，而且以往妳所經歷的可能只是一些孤魂野鬼，這次是惡鬼，等級完全不一樣，妳真的想清楚了嗎？」依芳不放心地再問一次。

小菁拉住準備出聲制止的程偉，堅定地點了點頭。

既然小菁願意冒險，只能速戰速決，就算危險，總比等死好。

依芳繼續道：「起壇方式很簡單，不過需要的東西我們全都沒有，只能以克難的方式勉強一試。首先，我需要三個自願者。」

綠豆見她心意已決，說什麼也要力挺學妹，趕緊跳出來附和：「我自願報名第一個！剛剛大家也看見女鬼會怕依芳，不然也不會一轉身就消失不見，剛才那個女鬼看起來不是不想溝通，而是不能溝通，反正有依芳在，不用擔心啦！」

綠豆是個很有感染力的人，有她在的地方，很輕易就可以感受到來自於她身上的活力，縱使環境惡劣萬分，仍然能感受到她身上的正面能量。

這時眾人才稍稍回復了一點生氣，畢竟綠豆最了解依芳，看綠豆的臉上還笑得出來，應該不會有太大的問題，既然有天師的孫女坐鎮，好壞總要一試。

不過大家卻不知道，綠豆是那種天塌下來，還是可以笑開懷的個性……

「我也來幫忙吧！」程偉下定決心站上前，自己的妹妹都能如此犧牲，當哥哥的人自然要跳出來保護她。

阿妙正要出聲時，依芳卻趕緊出聲，「等等，阿妙受過驚嚇，三魂七魄處在不穩定狀態，妳和倩兒都不適合。」

剩下的人扣除以上兩人和磁場特殊的依芳外，人選只剩阿啪和狗子了。

依芳的眼神掃向狗子，狗子急忙縮到另一邊，不停為自己找理由，「我剛才在外面也受到極大的心靈創傷，搞不好我的三魂七魄還有一些在外面流浪，我真的不適合，我非常確定！」

「像你這種心神不定，又沒有膽量的人，找你加入等於是找死，我根本沒考慮過你！」依芳沒好氣地回嘴。

她最受不了沒擔當又沒男子氣概的人，念在他剛才為了救倩兒而出了力，暫時不和他計較。

依芳拿起硃砂筆，在地板上畫上符咒，簡單告知每個人必須盤坐的大概位置，分別在大廳內的其中三處。期間她特別叮嚀，什麼事情都不要做，只要她一揮手打信號後，安分地坐在位置上就行了，不論發生什麼狀況都不能離位。

沒有神明加持的靈媒存在著一種潛在性的風險，就算她成功請女鬼離身，在這一瞬間靈媒等於敞開大門的空窗期，很容易引來其他鬼魅入身。依芳擔心自己的能力不足，必須抓緊時機卡位，藉由簡單的方位增強活人身上的陽氣，藉由擋住其他邪魔歪道入侵，或者逼迫體內的惡靈離身。

「現在萬事具備，只欠東風，我們還少了三支香……」

這下可好，這種環境上哪去找香？少了香，也不知道可不可以？這種儀式可以這麼隨便嗎？依芳心中完全沒有答案。

「我看電影裡面沒香時，就用香菸代替，不知道這樣行不行？」始終縮在一旁的狗子怯生生地從口袋中掏出一包菸，再遞給依芳。

依芳接過香菸後，毫不留情地一拳敲在狗子的腦袋，嚷著：「現在香菸都在漲價，你還是學生，學人家抽什麼菸？有本事別花你老爸老媽的錢去買菸。」

若是狗子平常的個性，就算是自己爸媽，也會大聲頂嘴，但是這次依芳的氣勢比人強，他只能識相地摸摸鼻子，滿懷委屈地低下頭，準備把菸收起來。

「等等，我是叫你不要抽菸，又沒說派不上用場。」依芳嘴裡罵歸罵，還是不客氣地把香菸搶了過來。

「狗子，這就是你得罪她的下場，誰叫你說她是神棍，反正你現在說什麼都不對。」綠豆於心不忍，偷偷在狗子旁邊咬耳朵。

依芳迅速點燃三根菸，盯著菸長達五秒後，忽然一反前五分鐘的凝重神情，把狗子叫了過來，故作親暱地勾住他的肩，嘴邊掛上虛情假意的笑容。

「狗子，沒讓你加入行列，說起來我也對你不薄吧！」依芳此時的態度和先前簡直是天壤之別，狗子此時卻渾身冒著冷汗，儀式明明還沒開始，她怎麼就感覺像鬼上身啊？

「現在我有個很重要的任務要交給你，能不能成功，就看你了。」依芳將三根菸還給狗子，「現在這裡沒有香爐，只好拜託你當一下人肉香爐，等一下你就拿著三根菸，負責站在茶几前……」

「人肉香爐？」狗子一愣，「呃，我現在超想代替程偉，我們可以對調嗎？」

狗子真的超想哭，當人肉香爐感覺比加入行列更驚悚，早知道他就不要提出香菸代替香這個蠢方法了。

「不可以，你認命一點，快點站好！」依芳將狗子往前一推，「大家謹慎一點，這種事不能開玩笑，一個不小心都有可能出事。」

依芳點上蠟燭放在茶几上，大家紛紛各就各位，小菁坐在茶几左側的位置上，狗子則是站在對面手持三根菸，沒加入的阿妙帶著倩兒退了好一大步。

狗子緊閉雙眼、口中念念有詞地走到茶几前方站好，另外三人則是分別伸出食指，交疊在反扣的碟子上。

小菁雙手握拳成祈禱狀，念念有詞地低下頭，依照依芳所說的陽春招鬼法，當下淨空心靈，嘴巴不停念著期待女鬼出現等等的詞句。

奇怪，周遭一點動靜也沒有，雖然這種方式很克難，不過也算五臟俱全了，難道還少了什麼？

大家面面相覷，什麼怪異的事情都沒發生，壓榨肺臟的死寂盈滿空間內的每一處，就連死角也不放過，這種壓迫感讓人喘不過氣，狗子的症狀最明顯。

「會不會沒用啊？」程偉遲疑地出聲，語氣中卻有著令人難以忽視的竊喜，一想到隨時有鬼會出現，就算心臟再強，也還是會怕啊！

「還沒確定有沒有出現之前，不要輕舉妄動。」依芳大喝一聲，嚇得程偉僵在原地，動也不敢動一下。

依芳的嗓音乍落，桌上的蠟燭無端熄滅，四周陷入黑暗，每個人全亂成一片，只聽見綠豆大叫著：「大家不要慌，誰敢擅離職守，我就把誰的雞雞剁掉！」

話說……這影射的意味會不會太濃厚了一點？在場有雞雞的只有兩人，

程偉連呼吸都不敢太用力，剩下的唯一人選還有誰？

「還好我們還有手電筒！」依芳的語氣聽起來驚魂未定，她拿起手電筒放在桌上，「真是有夠另類的開壇方式，這樣能取代蠟燭，也不用擔心會被吹滅了。」

阿公要是看到，八成會從棺材裡跳出來教訓她吧！依芳在心中哀聲嘆氣，這下連她都不知道自己到底在搞什麼，會不會成功還是未知數。

手電筒的燈是亮了，室內氣氛仍顯得詭譎陰涼。

忽然，不知從哪竄出一股寒風在眾人耳邊穿梭，夾雜著若隱若現的哭泣聲，聽起來就像女人的嗚咽，不停地在腦海中迴盪。

阿妙死命地抱緊依芳，綠豆則發現另外兩人也是害怕地直發抖，雖然她也好不到哪裡去，但至少還能假裝鎮定。

帶著哭泣聲的陰風在屋內毫不止息，隨著哭泣聲越來越大，狗子手中的菸屁股已經被掐到快要爆炸，上方的火星卻越燒越旺。

「她來了，大家鎮定一點。」依芳試圖穩定軍心，畢竟這時候自亂陣腳，對誰都沒有好處。

只是大家一聽到女鬼來了，誰還有辦法保持鎮定？

正當眾人陷入一片混亂時，手電筒變得一閃一滅不說，連光線也跟著昏暗起來，為什麼每到了關鍵時刻，所有燈泡都這麼不爭氣啊？

在視線不清的狀況下，閃爍的光線中，隱約發現……茶几的另一邊，也是距離大家最遠的位置上，有個模糊的影子……

狗子像是吃了黃蓮的啞巴，距離大家最遠的位置，不就是自己所站的地方嗎？意識到此事之後，他轉過頭，嗯，好險沒看到女鬼的全貌，只看見髒兮兮的綠眸和感覺到鼻尖上要命的冰涼……

可不可以不要這麼靠近啊？狗子快昏過去了，為什麼這一集的苦差事都是由他來，而不是綠豆？狗子悲憤交加，加上天生膽子小，瞬間跌坐在地。

女鬼的影子越來越明顯，本來大家嘴上是要她出面把話說清楚，不過現在人家出現了，卻要命地希望她還是回去好了。

只是女鬼始終低著頭，眾人只瞧見一頭誇張的亂髮和刺鼻的臭味，這個味道……感覺好熟悉……

女鬼緩緩接近小菁，最後和小菁融為一體。

只見小菁的肌膚慢慢變成綠色，身體也開始劇烈晃動，雙手用力撞擊桌面，看起來似乎有滿腔的怨恨。

「請問妳……就是民宿裡面那棵相思樹下的女屍嗎？」阿啪的聲音很輕很抖，基本上她還說得出話就已經是媽祖保佑了。

「是。」小菁發出低沉沙啞的聲音。

「真的是妳喔？我要先發問，我先我先！」綠豆的語氣和大家相反，竟然還帶著些許興奮。

「我想問妳，你是不是因為長期住在地底下，導致長了青苔，所以才會全身綠得……很均勻？」綠豆果然不負眾望，問了和現況毫無關連的問題。

其他人則納悶綠豆到底哪來的心情發問，難不成她想和女鬼暢談她在陰間的新路旅程嗎？現在又不是下午茶時間！

「學姐，這不是重點，妳問點關鍵性的問題行不行？妳若是又問有沒有見到閻羅王或是上帝這種問題，我就讓妳直接找他們泡茶聊天。」依芳不得不下最後通牒。

綠豆聞言，生悶氣似地撇撇嘴，怎麼說她現在的位置也稱得上是ＶＩＰ，就不能通融一下嗎？

「妳要知道陰陽自有定律，就算妳有冤屈，也不該出手傷人。要知道妳這麼做是——」

「我本來也沒打算傷人！還不是那個臭小子在我的頭頂上撒尿，讓原本受盡痛苦折磨的我更加難受，我才會動手教訓他。我之前會出現，只是為了讓別人知道我在那棵樹下。」小菁擊打桌面的力道不斷加強，若不是茶几夠堅固，早就四分五裂了。

阿妙一聽，隨即怯生生地反駁：「可是我沒得罪妳，為什麼在床邊嚇我？」

小菁憤恨的語氣越來越強烈，嘶吼道：「你們不會明白長期躺在冰冷地底的痛苦，我的確只是想求救，只要有人出現，我幾乎都不會放過機會。可是大家一見我就跑，還有人朝著我罵三字經，日積月累下來，我痛恨這些完全不管我死活的人，所以越害怕我的人，我就越想嚇他。我知道這麼做不對，但是我克制不了……」

依芳聽得出來她不是在為自己找理由，通常冤死的人在臨終前會含著一口怨氣，當怨氣越積越深，思想也會被影響，就算生前是樂善好施的大善人，也有可能會成惡靈。

「那請問妳……沒辦法說話嗎？」程偉也開始發問，他的問題讓依芳鬆了一口氣，起碼程偉正經多了，不像綠豆總是問些五四三。

小菁始終低著頭，聲音聽起來卻像在嗚咽，「是，我的喉嚨徹底灼傷，聲帶全燒壞了，全是那個王八蛋所為，殺了我還把我埋在這裡。如果今日沒附在別人身上，我根本沒辦法說話。」

大家果然沒猜錯，她不是不想說話，而是開不了口。

依芳正要開口詢問，就被阿啪急切的聲音打斷。

「這位……大姐，稱呼妳大姐可以吧？」阿啪看起來就像是快要挫賽的小猴子，「我知道妳可能在這邊住很久了，不過妳能不能離開這裡呢？再這樣下去，民宿都沒辦法開了。不論妳需要多少紙錢，我都可以燒給妳。」

這才是阿啪真正在意的問題，這間民宿最大的問題就是鬧鬼，只要解決這問題，就算生意毫無起色，她也認了。

「猴子啪，你怎麼又提出一樣的問題啦？當初我也是這麼問她，她看起來好生氣，妳是想逼她翻桌是不是？」若不是彼此之間有點距離，綠豆鐵定會踹她一腳。

對吼！阿啪急著幫祥哥出聲，卻忘記當初在庭院中的種種，現在後悔不知道來不來得及？

「我沒有生氣，我是高興。」小菁冷冷地回答。

有沒有搞錯，那種想殺人的表情叫高興？事實證明要分辨鬼魂的喜怒哀樂是有難度的，而且是超高難度，在場沒一個人看得出她在高興！

綠豆靈光一閃，「如果妳當時是開心，照理說應該放過我們，讓我們替妳報警，而不是繼續把我們困在這邊啊！妳該不會是希望我們幫妳什麼，才肯放過我們吧？」

綠豆這句話問得又急又快，依芳就算有心阻止，也快不過她像機關槍一樣的嘴速。

「是。」小菁非常爽快地回答了，「把我挖出來之外，還有另一個非常重要的請求……」

眾人沉浸在錯愕與震驚中，依芳則是一副如喪考妣的模樣，早知如此，應該先拿膠帶貼住綠豆的嘴。

同一時間，唯一顯得興奮的人只有綠豆，依芳懷疑若不是她現在不能舉手，不然她會高呼萬歲。

不過依芳也不是省油的燈，急忙道：「那妳幹嘛不早點說？若是我們沒請妳出現，難道妳打算一直耗下去嗎？」

小菁猛然指向依芳，一字一字平聲道：「自從妳拿出護身符之後，我就元氣大傷，有妳在場的地方，我哪敢出來！」

依芳正打算繼續詢問到底要幫什麼時，卻發覺小菁的身體劇烈晃動起來。只見她臉部的容貌漸漸轉變成女鬼原先的模樣，鼻子以下全被腐蝕，嘴巴週遭僅剩骨架，嘴裡還吐出黏稠又腥臭的綠色物體，接連不斷的嘔吐物永無止盡似地從她嘴裡冒出。

女鬼伸出枯瘦如柴的雙手，面目猙獰地勒緊喉嚨，看起來痛苦萬分，卻阻止不了折磨纏身，她那備受折騰的表情比猙獰時恐怖萬分。

阿妙抱著倩兒痛哭，不知何時醒過來的狗子則窩在依芳的腳邊乾嘔，依芳受到刺激不小的視覺震撼，卻也不忘把狗子踢開，就怕他吐在自己腳邊。

「糟了！小菁的身體快要承受不住了，妳快點離開！」依芳拚命忍住噁心感，若是再不出聲，小菁隨時都有喪失心智的危險。

但是女鬼尚未將自己的要求說出口，似乎不願意放棄小菁的身體，持續地尖聲哭喊。

「你們快點依照方位坐下！快點！」依芳趕緊命令其他人。

惡鬼不肯走，只能用陽氣逼她離開了！

三人一坐定後，依芳就準備拿出護身符。此時，她腦中浮現天師祖訓第一條——非逼不得已，不得無故消滅靈體。

不過，現在的情況算是逼不得已吧？如果她不肯乖乖離開，到時大家的力量過於強大而導致她魂飛魄散，也只能說是自找的，實在怨不得人。

女鬼顯然也知道後果嚴重，見到這樣的陣仗，只能心有不甘地退出小菁的身體。

下一秒，哭聲乍然停止，半透明的女鬼再度低下頭，肩膀一聳一聳像是持續抽泣的樣子，低下頭的樣子總算讓大家鬆了一口氣。

綠豆恨不得來次深呼吸好振奮自己的士氣，不過礙於空氣實在過於難聞，只能小口吸大口呼，忙著讓自己呼吸之餘，開口問道：「妳沒辦法說話也沒關係，我們還是會想辦法幫妳。但在這之前，需要妳先給點線索，不然我們也無從幫起。」

女鬼依舊一聲不吭，轉眼間就在眾人面前消失。

依芳急著想斥責綠豆，為什麼不先跟她商量放大家出去，再幫她解決問題？綠豆天生不適合談判嗎？怎麼任何條件都不利我方？

正當大家一頭霧水的同時，聽見「哐啷」一聲，好似……金屬撞擊地面的聲響。

眾人紛紛低頭找尋聲音的來源，在燈光相當有限的環境下，看見地板上出現一個小小的環狀物正在原地打轉，外表看起來像是生鏽的金屬。

沒人敢伸手觸碰這項物品，只能眼睜睜地看著它漸漸停止轉動，直到碰地為止。

「這該不會就是所謂的線索吧？」綠豆困難地嚥了嚥口水，這是她唯一能想到的合理解釋。

依芳嘆了口氣，再看下去也是浪費時間，既然沒人願意動手，只好由她來了。她矮下身子一抓，只感覺到手中一陣陰涼。

攤開手掌，手中的物品看起來很像戒指，只是沾滿太多潮濕泥土，難以辨識原本的模樣。

倩兒趕緊拿出面紙遞上前，依芳小心翼翼地擦拭著。不一會兒，才發現這枚竟然是個鑽石戒指！

「這顆鑽石是真的還是假的？如果是真的，她竟然就這樣隨手丟在地上喔？」狗子嘖嘖兩聲，一臉懷疑。

依芳白了他一眼，冷哼道：「等你哪天掛了，就會知道這些東西對鬼來說只是身外之物，除非這東西對她來說有著超乎金錢的價值。」

狗子看了依芳對他說話的態度，滿臉委屈地走到綠豆身邊，哀怨地輕聲道：「她真的很討厭我……」

「從現在起，我勸你還是不要出聲好了，依芳平時光是氣勢就很嚇人，沒睡飽的情緒更是超嚇人。」綠豆只能拍拍他的肩安慰道。

「等等！這、這個戒指，好像是我堂嫂的結婚戒指……」阿帕冷不防爆出驚人之語。

「妳堂嫂？妳是指祥哥的老婆？」綠豆一臉震驚，顯然無法接受這個事實，「妳不是說她跟別的男人跑了？怎麼可能……被埋在冷冰冰的泥土裡？妳會不會認錯人了？」

綠豆的反應雖大，但是阿帕的表情也絲毫不輸，「我寧願她跟別人跑了，也不希望她變成這副德行好不好！別說是我，搞不好連她爸媽都認不出她是誰了！這個戒指是祥哥當年送給嫂子的結婚戒指，還是我陪他去挑的，後面還刻著嫂子的英文名字，我不會認錯。」

阿啪拿過戒指，內側果然刻著潘朵拉字型的英文，正是她堂嫂的英文名字——Arlene。

現在到底在演哪一齣？如果相思樹下的屍體是祥哥的老婆，那麼是誰謀殺了她？為什麼要殺她？他們可是被捲入一場謀殺案件當中耶！

「這間民宿是祥哥開的，結果樹下躺著的白骨是祥哥的老婆？那……」綠豆的眼神開始飄移不定，雖然她也不願意這麼猜測，不過目前的情勢實在過於巧合，讓人難免往最壞的方向思考，「阿啪，妳老實說，妳覺得誰最有嫌疑？」

綠豆相當犀利，在場所有人都以異樣的眼光盯著阿啪，心中的答案呼之欲出。

阿啪面露驚慌地猛搖頭，一臉難以置信，「這怎麼可能！我跟祥哥從小一起長大，他的個性我最清楚，他為人最忠厚老實，平時也不曾對嫂子大小聲，反倒是嫂子有一陣子嫌棄他的工作，常常吵著要離開，沒多久連張字條也沒留，人就消失不見了。」

阿啪開始回憶起當年情景，記得當時奈奈還不滿兩歲，祥哥只是個小小的廚房助理，每個月的薪水有限，家中常常入不敷出。即使祥哥與嫂子是打從學生時代就長跑七年的愛情，也禁不起現實考驗，嫂子開始嫌棄祥哥的工作讓生活無法維持水平等等。

當時聽不少人說過，從那時候起，她就跟某個男人走得很近。後來她無端消失，那個男人也不見蹤影，鄰里議論紛紛，猜測定是兩人拋家棄子，一同私奔了。

本以為隨著時間流逝，祥哥能夠擺脫往日陰影而重新振作，現在發生這種事，要他怎麼振作嘛！

「會不會……祥哥氣不過，所以失手殺了自己的老婆，然後把她埋在樹下毀屍滅跡？妳也知道人的忍耐是有限的。」

狗子忘記綠豆的警告，開始多話地發表意見，只不過這次對他投射殺人眼光的對象換成阿啪。

「總之，我不會相信人是祥哥殺的，祥哥是唯一不信嫂子拋家棄子的人，直到現在還拜託別人幫他找嫂子，這樣的人怎麼可能殺自己的老婆？」阿啪仍堅決地否認，「何況嫂子已經消失這麼久了，祥哥則是半年前才買下這間民宿，時間點根本不對，這一切都只是巧合！」

「我也認為不是祥哥。你們想想，祥哥在民宿待了這麼久，要是他真的是凶手，早就死了幾百次吧！」依芳也提出自己的意見。

「光憑一枚戒指，也不能完全斷定就是祥嫂。不如我們回到現場觀察一下，看看還有沒有其他的線索能證明女鬼的身分吧！」

程偉提出較有建設性的意見，果然獲得一致認同。

雖然女鬼很嚇人，不過既然牽扯到一條人命，若是能解開這個謎題，也算功德一件。

眾人重新回到樹邊，先前所挖的坑洞只看見一隻白骨右手，為了收集到更多資料，男生和綠豆等人合力開挖，只是這次大家非常小心，就怕破壞了屍骨。

眼看著白骨一點一點現身，大家的情緒也漲到最高點，尤其是阿啪，她努力地祈禱，不管這屍體是誰的，千萬不要是祥嫂啊啊啊！

腥臭的腐屍味始終不散，白骨身上穿著早已分不出顏色的毛衣和長裙，看白骨倒臥的姿勢呈現斜躺而怪異的半坐姿，就像被隨意丟棄的布偶。

眼看整副屍骨即將重見天日，程偉已經氣喘如牛，漸漸放慢動作；狗子個性較為急躁，一心只想快點將屍骨挖出來，挖掘的動作反而不斷加大，也越來越粗魯。

「大家千萬小心，照理說我們是不能破壞現場，但是我們現在也是身不由己，在報警之前，千萬不要破壞屍體……」依芳扯開喉嚨警告。

咔啦！

一聲清脆而響亮的聲音，所有人立刻看向狗子……的腳下。

狗子腳下的白骨應聲斷成兩截，依照當初在學校所上的解剖學常識判斷，那應該是右腳踝和腳掌已經 say goodbye。

「狗子，你……你……」依芳氣到連話都說不出來了。

臺灣人的忌諱就是死亡時要保持身體完整，狗子竟然一腳就讓人家分屍？就算他懶得呼吸，能不能別挑這種時候？

狗子登時嚇得臉色發白，知道自己闖下大禍，當下急著跳出坑，自動自發立即雙膝著地，猛烈地揮舞著雙手，頻頻嚷著：「我真的不是故意的啦！

我會在這邊挖坑也是希望她早點重見天日，我可以對天發誓！」

狗子一邊對依芳解釋，同時也希望女鬼能接受他的解釋。

綠豆沒想到普天之下竟然還有人可以超越她的粗神經，心底很想調侃兩句，不過死者為大，為了尊重死者，自然不好嘻嘻哈哈，只好改口安慰道：「雖然當鬼用不到兩隻腳，你也犯不著把人家的腳踩斷，你趕快磕頭道歉，跟人家說有機會一定會燒看護和輪椅給人家啦！」

這算哪門子的安慰？依芳挫敗地嘆了口氣，學姐根本來亂的。

不過她觀察了一下四周，看來女鬼並未因此而抓狂，不然周圍的東西早就亂飛一通了。

等等，這是……？依芳盯著坑底的白骨，發現斷骨附近好像有點不對勁。

「這是什麼？」依芳彎下腰，撿起一條紅繩，照理說這裡應該不會出現這種東西啊。

阿啪飛快地接過紅繩，只是接過的那一剎那竟然身子不穩的往前一頓，還是綠豆趕緊扶穩她，只見阿啪臉上血色盡失，嘴唇發白，看她的反應，應該認得這條紅繩。

「這是……嫂子綁在腳上的紅繩，以前……以前她還笑說這是她和祥哥的姻緣線，綁著這條繩子，不論她到哪裡，祥哥都能找到她……沒想到真的是嫂子……」說完，阿啪掩面哭了起來。

庭院中瀰漫著前所未有的沉重與淒涼，一望無盡的昏暗中除了若有似無的抽泣聲，僅剩下微弱的悲嘆，圍在相思樹下的每個人面露哀悽，從沒見過阿啪哭泣的依芳和綠豆在這一時之間，什麼安慰都說不出口，只能輕拍她的肩，默默陪在她的身邊。

「巴拉刈！」止不住淚水的阿啪猛然抬頭，毫無預警地大喊一聲，嚇得大家差點心臟病發。

阿帕喊得激烈，卻沒人明白她到底在說什麼。

「我之前就一直覺得有股奇怪的味道，每次嫂子一現身就會冒出來，原來是巴拉刈！」阿帕急忙地擦乾淚，開始運作腦袋。

嫂子的身體腐爛得差不多了，自然會發出屍臭，多少干擾了農藥的氣味，所以沒有特別注意，只覺得這味道刺鼻，卻很熟悉。

經阿帕一提醒，綠豆也跟著詫異地嚷著：「有道理！難怪祥嫂全身上下都是綠色，這是中毒的跡象。難道她是喝了農藥致死的？」

依芳等人都見過巴拉刈的死法，那種臨死前的痛楚不是一般人所能想像，一想到祥嫂竟然是這樣死去，一陣強烈的悲痛瞬間湧上她們心頭。

「我想八九不離十吧！」依芳認同地點頭，「詳細狀況必須請相關單位檢驗才能確定……對了，天色是不是變亮了？」

眾人沉浸在哀傷裡，完全沒注意到天色由昏暗轉為漸層似的明亮，冷冽的寒風也不知在何時轉為略帶暖意的微風，週遭正緩慢地回復成原先景色。

程偉不經意地瞥見手腕上的電子表，數字正以極快的速度跳著。

「手表是怎麼回事？」程偉震驚地喊了出聲。

除了向來不戴手表的依芳外，其他人不約而同地低頭看自己的手表，發現時針跟指針瘋狂亂轉。

「三點四十七分！」大家異口同聲喊出手表停止的時間，在這同一時刻，所有手表又恢復正常運作。

這個時間不正祥嫂抓住狗子教訓的時間？難道……

「你們怎麼全在這裡？」祥哥急促而慌張的嗓音傳進每個人耳裡。

在柔和的光線中，一抹壯碩的身影朝著大家奔來，對受困已有一段時間的眾人來說，這個影子彷彿象徵著希望。

大學生們雀躍萬分地衝上前揮舞雙手，嘴裡還高聲歡呼著，飛快地上前將祥哥團團圍住，狗子則是連滾帶爬地迎向祥哥，嘴裡還喊著什麼。

祥哥對於每個人的反應顯得受寵若驚，尤其狗子緊抱著自己不放，害得一向木納的他停頓了五秒，差點說不出話。

「真的很對不起，奈奈在醫院排隊等掛號而延誤了時間，來不及在中午前趕回來準備午餐，真的非常抱歉，我……」

祥哥急著道歉，卻絲毫沒注意到樹下的坑洞。

「沒關係，老闆你能回來就好！」狗子持續緊抱著祥哥，誇張地放聲大哭起來。

天知道被依芳討厭，又被女鬼追得死去活來，這輩子從來沒這麼淒慘過，能再見到陽光，已是恍如隔世。

祥哥不明白眼前這群人到底怎麼回事，神色顯得相當不對勁，大學生除了程偉外，全都淚流滿面，阿啪三人則是一臉凝重。

完全搞不清楚狀況的祥哥顯得一臉茫然，趕緊拉開狗子，走至阿啪的身邊，輕聲問道：「阿啪，我不在的期間，妳到底做了什麼？怎麼大家看起來像是浩劫重生的樣子？」

若是平時，阿啪會以搞笑方式帶過，但事關重大，她趕緊拉著起祥哥到相思樹下，每走一步，都是椎心的折磨。

走到坑洞前，她將掌中的紅繩放在祥哥手中，指著樹下的白骨，哽咽道：「這是從她身上拿下來的。」

一看到熟悉的紅繩，祥哥的神情為之一變，不敢相信地喃喃道：「怎麼可能？這是美琪的紅繩，我還為她編上三個同心結，怎麼可能掛在這……這……」祥哥的聲音已經抖不成調。

那悲慟的神情完全不像偽裝，深受打擊的模樣令所有大學生收起雀躍，取而代之的是難以克制的鼻酸。

「你們在跟我開玩笑嗎？這個玩笑真的很過分，美琪還活著，她怎麼可能躺在這邊？一定是你們捉弄我，不然就是搞錯了……」祥哥痛不欲生地喊著。

阿啪真怨恨蒼天的捉弄，為何要讓祥哥這樣的老實人承受這樣的命運？

「祥哥，我們也在這個女屍身上找到戒指，阿啪確認過，這是你們的結婚戒指。」依芳輕輕搭住祥哥的肩膀，語重心長拿出戒指還給祥哥。

伸出手的祥哥看起來搖搖欲墜，阿啪趕緊將上前撐住他。

「祥哥，對不起……」阿啪心想，如果自己不要那麼雞婆，祥哥會不會好過一點？

祥哥看著和他無名指上恰好一對的戒指，無神地看了阿啪一眼，幽幽道：

「如果……這真的是美琪，那麼……她到死都沒忘記我們的約定，她還是戴著結婚戒指、戴著綁住姻緣的紅繩，她並沒有跟別人跑了，而是死了……可是我寧願她不是冷冰冰地躺在這裡！」最後一句，他用盡全身力氣大吼，用力地捶打地面，兩手都滲出血漬。

「別這樣，我們先報警再說啦！祥哥！」綠豆趕緊上前拉住他，但是祥哥的力氣根本擋不了，程偉和狗子二話不說跟著衝上前拉住祥哥，就怕他繼續自殘。

眾人亂成一團的同時，站在樹下的小菁忽然全身痙攣，兩眼翻白，持續不斷地晃動身軀。

大家忙著制服祥哥，沒想到小菁在這時候出狀況。

「不好！小菁又被附身了！」依芳火速叫了一聲，小菁原本的體質就差，加上這一連串的驚嚇，不能再出任何狀況了。

她十萬火急地衝上前，正準備拿出護身符時，小菁一連退了好幾步，臉帶驚恐，淚眼婆娑道：「求求妳，給我一點時間跟他解釋……我的喉嚨已經被農藥燒壞了，若不附身，根本沒有機會說話。我只是想讓他知道，我真的沒有背叛我們的家，求求妳！」

想也知道附在小菁身上的人是誰，依芳皺緊眉心，動作暫停了下來。她非常同情祥嫂，但是陰陽兩隔，原本就是不該有交集的平行線，現在她應該狠下心，斥退祥嫂才對……

「別說小菁的身體撐不了多久，妳應該知道現在是白天，就算站在樹蔭下，妳同樣也頂不住，五分鐘是極限了。」依芳實在狠不下心，法理不外乎人情，還是勉強通融。

附身在小菁身上的祥嫂喜極而泣，或許這是她最後一次和老公面對面，她只能把握最後的五分鐘。

第十一章　農藥事件（十二）

「阿祥，我是美琪。」小菁站在相思樹下，臉上掛著兩行清淚，唇邊卻漾著淒美的笑容，溫柔地輕聲呼喚。

祥哥一抬頭，看見的不是小菁，而是失蹤已久的妻子。

他震驚地跳了起來，欣喜地不知如何是好，一邊奔向她，一邊喊著：「我就知道是大家和我開玩笑，妳果然還活著，我就說妳還活著，我知道的！」

「我的確已經死了。」祥嫂的答案讓祥哥錯愕地停住腳步，似乎不明白她到底在說什麼。

站在相思樹下的她看起來是這般的楚楚可憐，紅色裙襬隨風飄揚，好似一朵盛開的相思，只可惜……是朵泣血的相思。

「我只能藉由別人的身體跟你說幾句話，我的時間不多了，請你好好聽我說。」祥嫂平靜地像是述說別人的故事，縱使心中波濤洶湧。

「當年，我知道自己很不應該，若是我肯守本分過著平淡的日子，就算苦一點，也很幸福。但是我太不知足，當初我真的想過和那個男人一起離開，只是最後一刻，我反悔了！」

祥嫂淚如雨下，回憶起過往，只能用不堪回首來形容。

祥哥想上前安慰，但是這一瞬間卻猶豫了，該還是不該？

「那天晚上我去找那個男人，我跟他說不走了，他一氣之下，拿起平時他所用的農藥硬灌進我嘴裡，喊著要和我同歸於盡。事後他看我死狀悽慘，心底害怕，為了湮滅罪行，把我帶來山上，但是又不敢隨意把我埋在外面，怕會被野狗翻出來，於是就把我拖進這間破房子的庭院裡，埋在這棵相思樹下。沒想到……最後你竟然會買下這裡，真的沒想到還有機會再遇見你，定是老天可憐我……」

「妳明明……明明就在這裡，為什麼不出來見我？」祥哥似乎慢慢接受事實了，唯一無法理解的是，為什麼她不肯早日現身相見？他們明明這麼靠近啊！

祥嫂捂住嘴，就怕哭出聲來，有誰知道她比任何人都渴望與丈夫相見，但是……

「我不敢讓你看見我死後的模樣，我擔心……你跟別人一樣，看見我就害怕得逃跑。本來我也不願意讓奈奈看到我，但是我發現就算不刻意現身，她也看得見我，還好她還小，不懂什麼叫害怕，不然我真的好怕再次失去你們。」

依芳聽到她的解釋，頓時想起阿公曾說過，有些小孩在小時候能看見第三空間，但是等到長大懂事後，會慢慢遺失這樣的能力。

「妳不會失去我們，我會好好照顧奈奈，我們會永遠在這裡！」祥哥堅定地綻開溫柔的笑顏，天底下沒有任何事可以動搖他的決心。

祥嫂那淒涼而帶著滄桑的神情，卻洋溢著不協調的幸福氣息，原本不開花的相思，一瞬間開滿了紅色的花，就像兩人對彼此的思念……

「我費盡心思，只為了想告訴你，當年我沒有跟別人走！」祥嫂的淚始終沒停過，唯有這次，是帶著滿心歡喜的淚水，她總算完成自己的願望了。

祥哥毫不遲疑地點頭，「這不用妳說，我也知道！」

妻子的笑容好美好美，彷彿回到當年和他互定終身誓約時，自己踩著沉穩的步伐到她面前，牽起她的手，將結婚戒指套在她的無名指上，彷彿無聲地宣誓著，她永遠是他的妻……

祥哥手中握緊原本應該在祥嫂腳踝上的紅繩，「這條紅繩……還是幫我找到妳了！」

樹梢抖落朵朵相思，天際飄揚著迎風起舞的花朵，倘佯在紅色花海中的她已感到前所未有的美滿，雖然來得有點遲，但也無憾了。

「就算你不找我，我也在你身邊……」祥嫂帶著愛意的溫柔嗓音漸漸飄散在空氣中，徒留一抹相思香，久久不散……

警方接獲消息後，以最快的速度趕至現場，甚至連記者也跟著出現。大家不禁佩服起現在的記者，不但神出鬼沒，而且神通廣大，以前是上山下海難不倒他們，現在恐怕是上刀山下油鍋也阻擋不了他們的採訪。

當警方進行現場勘查時，相思樹下的坑洞不知何時被填平，正確地說，根本沒有開挖過的痕跡。警方挖出屍體時，白骨的無名指上仍帶著結婚戒指，而右腳踝也呈現斷裂現象。

一切都這麼的真實，眾人卻有種大夢初醒的錯覺，祥哥夫妻之間的情感讓人哭紅了眼，也為他們不捨，反觀祥哥是唯一冷靜的人，只是他沉默地令人心疼。

「祥哥，當初你為什麼會買下這裡？你明知這裡非常偏僻，生活機能又不方便，沒整理前跟廢墟沒兩樣，為什麼堅持非這裡不可？」阿帕走到祥哥旁邊，輕聲問著。

事情雖然告了一段落，但眾人的心情依舊沉重，連原本急著離開的大學生也全部留了下來，希望能幫上忙。

「我也不知道，當初我一踏上這塊土地，就莫名覺得這裡是自己的歸屬。」祥哥的眼神中帶著強烈而難以抹滅的真誠，同樣站在旁的依芳可以感覺到他對這裡充滿眷戀。

「世間上真的有好多事無法解釋，或許這就是緣分吧！」綠豆難得說出正經話，兩眼因為先前的嚎啕大哭而顯得紅腫。

依芳看著早已不見任何花朵的相思樹，悠悠道：「往後，這棵樹應該會繼續開花吧？你們知道相思的花語是什麼嗎？」

綠豆和阿帕茫然地搖著頭。

依芳轉身，帶著清淺的笑容道：「約定！」

是啊！這是他們一生一世的約定！聽到依芳的話，祥哥的神情總算柔和下來，揚起了然於心的微笑，滋潤了心底原本乾涸的部分。

「依芳，妳知道嫂子去哪裡了嗎？如果鬼差帶走了嫂子，麻煩妳幫忙一下，請讓嫂子一路好走。」阿啪急切地想讓祥哥無後顧之憂，雖然死亡的世界總是神祕多詭，她只希望祥哥能獲得心靈上的寧靜。

依芳還來不及回答這個棘手的問題，祥哥搶先以肯定而爽朗的嗓音說：

「我知道她永遠在這裡，這是她跟我說過的最後一句承諾，這樣就夠了！」

怪談病院
第十二章　農藥事件（十二）

「歡迎收看整點新聞，首先為您播報今日頭條。半個月前於南部某民宿樹下發現的女屍命案，今日宣告破案。經警方調查，證實凶手為同村男子，因為由愛生恨，強灌死者喝下農藥後，與外界斷絕聯繫後躲在偏遠山上的果園工作。經過警方多日追緝，嫌犯已於今日落網。」

坐在宿舍交誼聽的綠豆和依芳正一邊吃著便當，一邊盯著電視機。

今天各電視臺強力播報這則新聞，擺在桌上的報紙也以聳動標題當頭條——**相思樹下埋女屍，多年冤屈獲得平反**

「這些報紙為了刺激銷售量，標題一家比一家還大，這算是幫民宿做另類宣傳嗎？」依芳指著桌上的報紙，語氣還是一如往常地事不關己。

嘴巴塞滿麵條的綠豆機械似地點著頭，「那是當然，不過姑且不說宣傳，最主要是終於破案，總算還祥哥和祥嫂一個遲來的公道了。」

根據線索，警方不到半個月就破案了。雖然事隔多年，但是對方因為受不了良心譴責，打從犯下命案之後就沒睡過一天好覺，當他被逮到時，竟非常爽快地承認犯行，甚至鬆了一口氣。

她們正有一搭沒一搭地聊著這個案件時，瞥見阿帕從宿舍電梯裡走出，兩人頓時都愣住了。

為什麼非住宿生的阿帕會出現在這裡？

「妳來幹嘛？」綠豆差點被麵條嗆到，「妳這衰鬼，平時跟妳上班已經倒楣透頂，現在連跟妳出去度假都會出事。雖然我早知道妳的衰已經到了前無古人、後無來者的境界，但是我從不知道妳已經從世界第一的排行榜進階到宇宙第一了，拜託妳別再危害地球了行不行？」

「哎呀！綠豆，別這麼說嘛，好歹我們也是姐妹一場，我總要跟妳報告一下目前命案的最新情報……」雖然她對於祥哥夫妻的事件感到相當遺憾，不過仍堅強地接受了事實，這段時間也相當盡責地鼓勵祥哥重新振作。

依芳用手指著報紙，搖著頭道：「這是今天的頭條，我們想不知道也難。何況現在人人手機都有網路，隨便逛個網頁都會看到新聞，妳用不著跑一趟啦！」

「拜託，猴子哪懂科技？」綠豆故意調侃似地嘿嘿笑了兩聲。

嘴上這麼說，但是依芳和綠豆彼此心知肚明，阿啪只是想親口告知這個無法令人開心的好消息。

這次提到猴子，阿啪並未如預期地生氣，而是自顧自地開始報告其他人的近況。

「托大家的福，祥哥已經慢慢振作起來了，也將民宿重新開張。因為這件事已經傳開了，民宿名氣大增，一下子湧入不少人訂房，至於那群大學生則是取消了暑假的旅程，全到民宿義務幫忙，以免祥哥應付不過來。」

這麼聽來，似乎大家的生活都逐漸回歸正軌了。那群大學生雖然當初帶著輕浮和嬌氣，不過在經歷這次事件後，顯然都長大不少，也算是個好結果。

「當初拚死拚活不想讓鬧鬼的消息走漏，就為了擔心沒顧客上門，沒想到搞到最後，這件事情鬧得滿城皆知，鬧鬼故事更是傳得沸沸揚揚，我想這已經成為民宿的招牌特色了吧？」

綠豆回想起自己為了不讓大學生發現鬧鬼所做的一連串蠢事，就有種想對天吶喊自己到底在幹嘛的感覺。不過現在的結果也不算太差，她也算稍稍被安慰到了。

阿啪和綠豆有著同樣想法，雖然劇情和當初設想的不太一樣，不過她還是沒有後悔找了眼前兩位幫忙。

「狗子托我跟依芳說，他已經戒煙了，而且他決定每年暑假都要到民宿幫忙。程偉要我代為向妳們道謝，自從他帶小菁去找依芳的師姑婆之後，就再也沒有奇怪的現象發生，現在也和大家相處愉快，算是正式回歸正常生活了。」

阿啪忙著報告，卻偷偷觀察著依芳的表情變化，雖然她看似面無表情，不過臉上的線條柔和了許多，還出現若有似無的微笑，看樣子她心情還不錯。

「真羨慕學生，還有暑假可以揮霍，我們的年假全都用光了，沒有機會放長假出去玩了啦！」綠豆兩手撐著下巴，滿臉忌妒。

發生這種事，誰還有心情出去旅遊？記得當時大家忙著報警、處理後續等等一些問題，剩下的假期也沒有玩樂的心思……就這樣白白浪費了。

依芳無奈地跟著點頭，抱怨道：「真不知道要等到什麼時候，才有機會出去玩……」

「可以啊！我可以跟祥哥商量，到時妳們都可以免費入住，而且……」

阿啪還沒把廣告詞說完，就發現對面兩人都瞇起了眼，無形中提高著警戒指數。

「學姐，妳到底想說什麼？妳乾脆老實把話說清楚，不然我真的不知道我會做出什麼事。」依芳已經在折手指了。

第一次上當還可以當作不小心，若是第二次再上當，那就是她笨！

阿啪尷尬地乾笑兩聲，知道自己的把戲已經唬不了人，只好選擇坦白從寬這條不歸路——

「是這樣的，現在大家聽聞民宿有鬼，所以全都想到民宿親身體驗，問題在於……現在根本沒有鬼，所以……」阿啪彆扭地看了依芳一眼，「能不能拜託妳，放幾隻鬼到民宿……」

「開什麼玩笑！妳以為這是什麼馬戲團表演嗎？」果不期然，依芳一氣之下，已經快翻桌了，「擔心沒有娛樂節目的話，我建議妳可以故計重施，根據我得知的消息，妳的猴子舞頗受好評。」

「我覺得這個主意不錯！」最愛瞎起鬨的綠豆也跟著加入戰局。

「哪裡不錯？」

「我覺得穿著護理師制服站櫃檯也是噱頭耶！」

「妳們把民宿當檳榔攤啊？」

「不然綠豆認識的好兄弟比較多，妳能不能情商幾個來支援一下？」

「誰認識好兄弟啊！我比較想認識好男人。」

「吼！妳們出什麼餿主意？吵死了啦！」

一如往常的，護理師宿舍又投訴了綠豆和依芳，有她們存在的地方，應該到哪裡都會被投訴……

——《怪談病院PANIC!番外篇》完

高寶書版集團
gobooks.com.tw

輕世代 FW320

怪談病院PANIC! 番外篇

作　　者　小丑魚
繪　　者　炬太郎
編　　輯　林思妤
校　　對　任芸慧
美術編輯　彭裕芳
排　　版　彭立瑋

發 行 人　朱凱蕾
出　　版　英屬維京群島商高寶國際有限公司臺灣分公司
　　　　　Global Group Holdings, Ltd.
地　　址　臺北市內湖區洲子街88號3樓
網　　址　www.gobooks.com.tw
電　　話　(02) 27992788
電　　郵　readers@gobooks.com.tw（讀者服務部）
　　　　　pr@gobooks.com.tw（公關諮詢部）
傳　　真　出版部　(02) 27990909　行銷部 (02) 27993088
郵政劃撥　50404557
戶　　名　三日月書版股份有限公司
發　　行　三日月書版股份有限公司/Printed in Taiwan
初版日期　2019年10月

國家圖書館出版品預行編目(CIP)資料

怪談病院PANIC! / 小丑魚著.-- 初版. -- 臺北市：高寶國際, 2019.10-
　冊；　公分. --

ISBN 978-986-361-701-3(平裝)

863.57　　108009125

三日月書版

三日月書版

GOBOOKS
& SITAK
GROUP©